HİROŞİMALI ÇOCUK

Savaşın Güncesi

•

ISOKO ve ICHIRÔ HATANO

ISBN: 975-7132-30-6

Birinci baskı: Eylül 1998

Dizi Editörü: Canan Feyyat
Çeviren: Sevgi Tamgüç
Kapak tasarım: Davut Köse
Sayfa düzenleme: Vedat Ateş
Baskı: Melissa Matbaacılık

Scala Yayıncılık ve Tanıtım A.Ş.
İstiklal Caddesi Mis Sok. Tan Apt. 6/7-8
Beyoğlu - 80050 İstanbul
Tel: (0212) 251 51 26 - 245 43 89
Faks: (0212) 245 28 43
E-Mail: scala@escortnet.com

HİROŞİMALI ÇOCUK

Savaşın Güncesi

ISOKO ve ICHIRÔ HATANO

Fransızca'dan çeviren
Sevgi Tamgüç

İLKGENÇLİK DİZİSİ: 4

Çevirenin Notu

1944 yılları, Dünya yeni bir paylaşım savaşının eşiğindedir. Japonya'da, savaşın tüm esintileri hissedilmektedir. İnsanlar, büyük ve daha güvenliksiz olan şehirleri boşaltmakta, taşra köylerine, akrabalarının, tanıdıklarının yanına sığınmaktadır. Mahallelerde "grup"lar kurulmakta, savaş felaketini en az tehlikeyle göğüsleyebilmek için örgütlü ve yoğun çalışma sürdürülmektedir.

Ichırô, sekiz yaşındayken, öğretmeni öğrencilerinden günlük tutmasını istemiştir. Bu, Ichırô için oldukça zor bir görevdir. Üstelik annesi, Bn. Isoko Hatano yoğun bir çalışma temposu içindedir; öyle ki çoğu kez Ichirô'yla karşılıklı oturup sohbet bile edememektedir. Bu koşullar, anayla oğulun mektuplaşmasına, savaşın en yoğun döneminde de Ichirô'nun günlük tutmasına yol açar.

Savaşla birlikte, Ichirô da büyümektedir. Ichirô'nun en büyük ve en haklı kaygusu sağlam bir "Ben" oluşturmaktır. Bu yüzden en yoğun ihtiyaç duyduğu kişi annesidir.

Bayan Isoko ise oğlunun gelişmesini mektuplar aracılığıyla izlerken, yol göstericiliğinde hiç buyurucu ve baskıcı bir anne olmaz, hatta tam tersine, Japon kadınlarının alçakgönüllülüğüyle oğlunun bazı eleştirilerini de olumlu bir tavırla karşılar.

Mektuplarda, Ichirô'nun annesine hayranlığı, "okumaktan başka bir iş yapmayan" babasına kızgınlığı açıkça görülür. Savaşta, herkesin öleceği bir dönemde kitapların yararına inanmayan Ichirô'ya babanın cevabı ilginçtir. Ölüme çeyrek kala, okuyamadığı kitapları okuyup bitirmeye çalışmanın yatıp uyumaktan daha iyi olduğunu vurgulamasıyla baba, oğlunun gözünde, o güne değin gizli kalmış, gerçek değerini bulur.

Atom bombası da tüm dehşetiyle yaşanmıştır. Tokyo yerle bir olmuş, Tokyolular binlerce kayıp vermiş, kısa ve uzun sürede belirtileri ortaya çıkan hastalıkların peşinde kıvranmaya başlamışlardır.

İşte böyle bir dönemde, bir yanıyla da son derece sade bir yaşam sürmektedir. Ve Ichirô çocuk kalbinin tüm arılığıyla sağlam bir insan – bedeniyle, kişiliğiyle– olma savaşı verir. Annesinin de yardımıyla insan ilişkilerinde sağlıklı bir görüş kazanmaya çalışır.

Sevgi Tamgüç

1

ICHIRÔ'DAN ANNESİNE

10 Mayıs

Anneciğim, sizlerle birlikte Suwa'ya mı geleceğime yoksa Tokyo'da yalnız mı kalacağıma karar vermeme izin vermiştin. Geçen günden beri bunu düşünüyordum ve burada tek başıma kalmayı yeğliyorum.

Sizinle birlikte gelsem, daha çok mutlu olacağını sanıyorum, işte evvelki günden beri beni düşündüren buydu, ama sonunda karar verdim.

Bunun birinci nedeni, doğal olarak okul. Bunu düşünmem boşuna, Tokyo'nun en önde gelen liselerinden birine kabul edildikten sonra, bir taşra lisesine gitmem yazık. Bu okul konusunda fazla bilgim olmadığına dikkatini çekerim ama oranın pek hoşuma gideceğini sanmıyorum. Tüm okul arkadaşlarım şu Ninomiysli ya da Tateshimalı çocuklar gibi olacak değil mi?

Onlar, önceleri, neredeyse tek sözcük söylemeden, bana bakmaktan başka bir iş yapmıyorlardı, sonra, alışır gibi olduklarında en çok sevdiğim kitapları almaya, dokunmamalarını söylediğim zaman bile mikroskobumu karıştırmaya başladılar. "Bana şunu ver, bana bunu ver" demekten başka bir şey yaptıkları yok. Gördükleri her nesneye bayılıyorlar. Ben bu tip insanlarla arkadaş olabileceğimi pek sanmıyorum.

Üstelik, arkadaşlarla konuştuğumda, hepsi, köye sığınmayacaklarını, bunun korkakların işi olduğunu söylüyorlar. Böyle konuştukları zaman, bende düşmandan kaçıyormuşum gibi bir etki uyandırıyor ve gitmek istemiyorum. Öte yandan, senden ayrılmış olmak bana hiç bir anlam ifade etmiyor. Beni düşündüren buydu, ama bir kez karar verince hiçbir şeyi dert etmiyorum. Zaten, kalırsam, ayda en az bir kez beni görmeye geleceğini söylemiştin değil mi? Gelirsen, seni kimseyle paylaşmayabileceğim. Ne Kinji, ne Yuzô, ne de Shirù, annem sabahtan akşama kadar yalnızca benim olacak; bir tek benim annem olacaksın; bu, içimi sevinçle dolduruyor.

Ayrıca -belki de bunu sana söylememeliyim- aslını sorarsan, tek başıma yaşamayı denemek biraz da hoşuma gidiyor. Lise öğrencisiyim ve büyük bir insan gibi olmak istiyorum. Şimdiye değin, şehirde, ailelerinden uzakta çalışmak için kalan çocukların var olduğunu duydum, okudum ve şimdi bu benim başıma geldiği sırada neredeyse sevinç duyuyorum. Bunu sana nasıl açıklamalı? Sanki bir roman kişisi oluyormuşum gibi...

Sana başı sonu belli olmayan bir alay şey yazdım. Özetle, Tokyo'da tek başıma kalmak istiyorum. İzülmeden izin verebilecek misin ?

Bana "Hayır" demeyeceğini çok iyi biliyorum, ama bana acı veren, hoşuna gitmeyen bir iş yaptığımızda yüzündeki üzüntülü ifade. Sana yalvarıyorum, tek başıma kalma iznimi sevinçle ver.

ANNESİNDEN ICHIRÔ'YA

Demek Tokyo'da kalmaya karar verdin. Nedenini çok iyi anladım. Doğrusunu söylemek gerekirse, kararının bu olacağını tahmin ediyordum ve mektubun beni şaşırtmadı. Ama senden sevinçle ayrılabileceğime gelince, bundan pek emin değilim. Yine de iyi bir anne olacağım ve senin için güçlü olmaya çalışacağım.

Kalmaya karar verdiysen yapılacak az işim yok demektir.

1. Seni öğretmenine emanet etmek.
2. Eve kimin bakacağına karar vermek.
3. Derslerinde anlamadığın bir konu olursa kime başvuracağına karar vermek.
4. Yemek listeni hazırlamak.
5. Senin için ne kadar ve nereye para bırakacağıma karar vermek.
6. Hasta olursan hangi doktorun bakacağına ve bana nasıl haber verileceğine karar vermek.
7. Bombardıman sırasında ne yapılacak.

Belki daha başka bir çok sorun var ama ben bunlardan başlayacağım, bunlarla ilgili gereken kararları alacağım. Başka neler yapılması gerektiğini sen de düşün.

Eşyaların üçte birini bugün gönderdim. Diğer üçte birini bu sabah bildirdiğimden gitmesi herhalde bir haftayı bulur. Geri kalanını burada bırakmayı düşünüyorum.

Hangi eşyaları burada bıraktırmak, hangilerini göndermek istediğini, özellikle de özenle sarılması gerekenleri söyle. İsteğinin yerine gelmesi için şimdilik zamanın olduğunu sanıyorum.

İyi akşamlar Ichirô'cuğum.

2

ICHIRÔ'DAN ANNESİNE

17 Mayıs

Sevgili anneciğim,

Bugün okulda sınıf öğretmenimiz Bay Yamada'ya burada tek başıma kalacağımı söyledim. Bay Yamada artık büyümüş olduğumu söyleyerek beni kutladı ve derslerle ya da herhangi bir konuyla ilgili bir ihtiyacım olursa gidip onu bulmamı istedi. Orada bulunan arkadaşlar da bana bir şeyler verdiler ; Sano evine çağırdı, Hirata okul çıkışlarında, zaman zaman onlara gidip birlikte çalışmamızı önerdi, diğerleri de başka şeyler söyledi. Hepsi ilkokuldan arkadaşlarım ve bana bu kadar incelik göstermeleri hoşuma gitti. Ama kendi kendime bunu bana acıdıkları için mi yaptıklarını sordum. Eğer böyleyse onların acımasına ihtiyacım yok. Ben başımın çaresine bakarım, bir erkek gibi...

Eşyalara gelince, özellikle ihtiyacım olan bir nesne yok. Bana bir masa, sandalye, yatağım gibi vazgeçilmez olanları bırak. Peki, kompozisyonda birincilik ödülü olarak aldığım model gemiyi ne yapacağız? Onu saklamak isterdim, çünkü bir anı, ama cam bir küreyi köye göndermek başlı başına bir iş değil mi ? Bu konuyu düşünmek ister misin?

Ya hastalanırsam diye kaygılanır gibisin ama merak etme, hastalanmayacağım. Nezleye yakalandığımı hissedersem önlem alacağım ve okula gitmeyeceğim. Aşırı yemek yememeğe dikkat edeceğim, dolayısıyla karnım ağrımayacak. Yine de rahatsızlanırsam, doktor Nagatakè'den ya da doktor Mitsunaga'dan -o daha çabuk gelir- bana bakmasını isteyeceğim. Böylelikle kaygı duyman gerekmez.

Beni bunlardan daha çok korkutan, bombardıman. Gerçekten olacağına inanıyor musun? Düşman uçaklarının Tokyo'ya kadar gelmesine izin verilmeyeceği söyleniyor, o zaman da tehlike olmayacağını sanıyorum. İlk uyarıda bizi eve sokarlar. İşler karışacak gibi olursa ne yapmalıyım? Sığınağa mı ineyim yoksa Fujii'lere mi gideyim? Onların sığınağı betonarme, dolayısıyla çok güvenlikli. Yine de bombardıman uyarısı verilirse senin yanına gelmek için trene binmekte acele edeceğim. Tren yolda bombardımana yakalanırsa, eh ne yapalım, o zaman elveda. Uyarı geçen kez olduğu gibi iki üç gün sürdüğünde insan soluk alamaz oluyor.

Eve bakma işini en iyi tütün fabrikasının sahibinin yapacağını sanıyorum. Korkunç bir yüzü var ama belki göründüğünden daha iyidir. Asıl sevmediğim, genç olanı. Yine de zorluk çıkarmayacağını.

Artık yatacağım. İyi akşamlar anneciğim!

Ödevlerimi yapmayı unuttum. Beni saat beşte kaldır. Beni sars ve zamanında uyandır.

ANNESİNDEN ICHIRÔ'YA

Tokyo'da kalmaya kendini yavaş yavaş hazırladığını görmekten memnunum. Ben de kendimi bu düşünceye hazırlıyorum; belki böylelikle senden gülümseyerek ayrılabilirim.

Biraz daha büyük olsaydın, askere giderdin. Belki de, senden uzak yaşamaya şimdiden alışsam iyi olur. Yine de yüreğimin öteki yarısı, salt bu nedenle, bir dakika bile olsa, birlikte kalmamız gerektiğini fısıldıyor. Ne de olsa bu, olayları görme tarzına bağlıdır: Bu olayda, sen kalma kararını verdiğine göre, bir süre için seni tek başına yaşamaya bırakmak, kendini kanıtlaman için fırsat vermek olacaktır.

Bu nedenle seni, hiç üzülmeden Tokyo'da bırakmak istiyorum.

Eşyalarımızın ikinci bölümü bugün gitti. Şoför, Lidamachi

garının girişinde eşyaların hepsini üst üste yığıp gitti. Gar görevlilerinden biri gelene dek, bir saat onların başında ayakta beklemek zorunda kaldım. Sıra bana geldiğinde, bütün eşyaları tümüyle ters bir yöne taşımamı söylediler. Çok uzaktı. Bu olaylar arasında baban ne olup bittiğini anlamak için yanıma geldi ve bana yardım etti. Komodinleri, sehpaları vb. bütün gücüyle, bir biri ardından itmek zorunda kaldı.

Baban alışık olmadığı için bu çabanın onu yormasından korktum; bu işi, onun yerine ben yapmak isterdim ama yapamadım. Bir parmak bile itemeyeceğim kadar ağır eşyalar vardı. Her şeye rağmen bu tür işlerde bir erkek, bir kadından daha kuvvetli. Başarabileceğimi sanıyordum, çünkü Bayan Fukuoka ve Bayan Uèda'yla erzak almaya gittiğimizde en ağır yükü ben taşıyordum. Eve girdikten sonra, baban bir şey söylemedi ama yarın her tarafının ağrıyacağından eminim! Yeter ki romatizma ağrıları tutmasın !

Senin değerli gemini, örtüye sarılı olarak birimiz elinde taşıyacak. Gidecek başka eşyalar da olduğundan, birileri bir süre için mekik dokuyacak. Yarın lise gezin var: saatinde uyanmak için erken yatacağım.

3

ICHIRÔ'DAN ANNESİNE

23 Mayıs

Anneciğim,

Ne güzel bir gün ! Geçen günkü lise gezisi eğlenceliydi ama bugün Oiso'ya kadarki olanı gerçekten harikaydı.

Oiso'daki balık çok lezzetliydi. Yalnızca yarım saat uzakta

olan Tokyo'da nasıl olur da böyle taze balık bulunmaz? Oiso'lu teyzenin söylediğine göre pahalı değilmiş. Sashimi[1]'nin tadını çok nefis buldum. Düşünürken bile ağzımın suyu akıyor.

Anneciğim söyler misin, amcamın kocaman evinin bulunduğu Oiso'ya sığınamaz mıyız? İnsanlar genellikle akrabalarına ya da ailesine sığınıyor, hiçbir tanıdığımızın olmadığı Nagano'ya gitmemizi herkes tuhaf karşılıyor. Bu konuda dikkatimi çektikleri zaman ben de tuhaf karşıladım. Neden o kadar uzağa gidiyoruz?

Anneciğim, bir şey daha var, bugün Fujisawa'da ağladın değil mi? Trenin penceresinden bütün askerlerin gittiğini gördüğümüz zaman. Böyle her yerde ağlaman hoşuma gitmiyor. Karşımızdaki insanlar sana bakıyordu. Onları tanımasan bile: "Hepsi büyük bir coşkuyla gidiyor!" dedin. Canımın çok sıkıldığını hissettim.

Anneciğim bu askerler sevinçle gidiyor. Yurt için. Öldürülürlerse elimizden hiçbir şey gelmez. İleride ben de böyle gideceğim. Belki saygıdeğer imparatorumuzu hiç görmediğim için böyle düşünüyorum ama, onun uğruna öleceğimi pek sanmıyorum. Bunun güzel olduğunu düşünmüyor musun ?

Garip anacığım, hiç de savaş dönemi anası olabiliecek gibi değilsin. Seni bütün yüreğimle seviyorum. Yalnızca bunda sana hayran olamıyorum. Belki bu sana karşı kötü bir davranış ama, sen yokuşun aşağısındaki manavın ya da Hikawa tapınağının yanında oturan tenekecinin karısından daha az mı yiğitsin ? Bu beni korkunç yaralar.

Bugün sana çok çirkin bir mektup yazdım. Bağışla beni.

1. Soya sosuna batırılan ince çiğ balık dilimi. Bu balığın çok taze olması gerekir. Ama çok çabuk bozulan ve çok sevilen bir balıktır.

ANNESİNDEN ICHIRÔ'YA

Dünkü mektubun beni oldukça etkiledi.

Fijisawa'da olanlar için özür dilerim. Ama bu delikanlıları fark ettiğimde, onları böylesine coşku dolu görünce yüreğim kabardı. Her biri ana kuzusu! Analar oğullarını yetiştirmek için ne zahmetler çekiyorlar! Ve anaların eli kolu bağlı, çocukları savaşa gönderiliyor. Bu anaların acısını düşündüğüm zaman göz yaşlarımı tutamadım. Senin de söylediğin gibi, ben yiğit değilim. Bunun iyi olmadığını hissediyorum. Ama dünyada oğlu savaşa gidip de acı duymayacak birinin olacağına inanıyor musun ? Bu, içten içe son derece acı çekildiği halde, hiçbir şeyi yokmuş gibi gösterme çabasından ileri gelmiyor mu? İnsanın üzüntülü olduğu zaman, acısını içtenlikle göstermeye hakkı olduğu kanısındayım. Daha sonra boyun eğmek yetmiyor mu ?

Bu düşünce tarzından hoşnut olmayacağın kuşkusuz. Anlıyorum, öyle olsun. Yaşın biraz daha büyüdüğü zaman kesinlikle benim gibi düşüneceksin. En azından benden iğrenmeyeceksin. Bana gelince, annen yüzünden utanç ya da üzüntü duymaman için özen göstereceğim. Bağışla beni Ichirô'cuğum.

4

ICHIRÔ'DAN ANNESİNE

26 Mayıs

Sen yokken tütüncü geldi. Beni görünce:

- Günaydın , Bottchan[1], *Yoroshiku onegai shimasu*[2] dedi.

Ondan eve bakmasını istemeye karar verdin mi ?

1. Bir erkek çocuğa kibar hitap tarzı.
2. Birisiyle konuşurken "hizmetinizdeyim" anlamına gelen nezaket sözcüğü.

Onunla birlikte genç olanı da geldi, bütün odaları dolaşarak "şurası iyi, burayı düzeltmek" gerek dediler. Mutfağa kadar girdiler, dolapları açıp baktılar. Onların gerçekten utanmaz olduğunu düşündüm. Nasıl, insanlar bu kadar çabuk teklifsiz oluyor? Karar verilmediyse, başkalarının bu işi daha iyi yapacağına inanmıyor musun? Ama belki de kimseyi bulamadın? Sen buradayken son derece saygılı davranan ve neredeyse eve adımını bile atmayan bu kişiler benden çekinmiyorlar !

Bir şey daha var anneciğim, son soruma yanıt vermedin. Neden Oiso'ya göç etmiyoruz? Aynı gün içinde Tokyo'ya gidip dönülebilirdi; ben de her cumartesi eve gelebilirdim. Çok uygun olurdu. Eşyalar gittikten sonra olanaksız mı ? Onları Suwa'da bırakıp Oiso'ya gidemez miyiz? Bu konuyu benim için düşünür müsün?

ANNESİNDEN ICHIRÔ'YA

Tütüncü için, sana yazmak yerine yüz yüze konuşmayı yeğlerdim, ama dün, bütün gün ne kadar çok gelen olduğunu gördün. Üstelik akşam da şu toplantı oldu; sonuçta, sana bundan söz edecek zamanım olmadı.

Tütüncüye eve bakması için gidip rica etsem mi diye kendi kendime sorarken, o beni görmeye geldi ve komşulardan, gideceğimizi öğrendiğini ve bize bir celp çıkarttığını söyledi. Bunun ne için olacağını kendime soruyordum : Evi ona geri vermemiz içinmiş. Tütüncünün bizim haberimiz olmadan evi satın aldığını anımsarsın. Dolayısıyla evin gerçek sahibi o, ve gitmemizi söylerse gitmek zorunda kalırız. Bu istek beni şaşırttı ama sen kalmak zorunda olduğun için, seni okulun için Tokyo'da yalnız bıraktığımızı ve arada bir buraya geleceğimizi söyleyerek kabul etmedim. O dá bana senin odanı sana bırakmayı, ama ötekileri ona vermemi önerdi. Buna karşılık seninle ilgilenecekti. Daha önce, eve bakmasını istediğimize göre, söylenecek bir şey yoktu ve kabul ettim. Bu nedenle tütüncü eve bakmak için değil, evine taşınmak ve yerleşmek için gelecek. Bütün odaları tek tek denetlemesi bundan olsa gerek. Sana bundan daha önce söz etmediğime üzüldüm ve bu yüzden onların hareketleri öfkelenmene neden oldu. Uzun zamandır onda kalan Bunridaiylı[1] bir öğrenci de gelmek istiyor. Derslerine yardım edebileceğine göre bu aslında senin için de iyi.

Şimdi Oiso sorununa geliyorum. Sana bundan söz etmemeyi yeğlerdim, bu yüzden de yanıt vermemiştim. Ama Tokyo'da tek başına kalacağından, işin aslını bilmemek senin için daha acı olabilir, bu nedenle sana olayı anlatacağım.

Üç gün süren son uyarıyı hatırlıyor musun? Grup[2]'a çocukların köye gönderilmesinin daha tedbirli olacağı bildirilmişti. O-Toshi, Kinji ve Shirô'yla Oiso'ya gitmişti. Tehlike anında çocukların onun evinde kalması için, amcana uzun süredir rica ediyordum. Ben yangına karşı alınacak önlemlerle ilgilenmekle yükümlüydüm, üstelik Grup'taki nöbet ayı sırası bendeydi. Bu yüzden çocukları bir tek O-Toshi'yle tek gönderdim. Oysa, anımsadığın gibi, ertesi gün geri gelmişlerdi. Uyarı bile bitmeden neden geri döndüklerini sorarak O-Toshi'yi azarlamıştım. O-Toshi, bana Oiso'daki evde Tokyo'daki eve dönmeleri emredildiğini söyledi. Bunu garipsemiştim. Ama birkaç gün önce Kanda amcanın mağazasına uğradığımda, amca, bana, bu konuda başlı başına bir senaryo yazdı. Çocuklara bakmak için bir tek hizmetçiyi göndermek gafletinde bulunduğumu söyledi. Ona O-Toshi'yle gönderdiğim mektupta yazdığım gibi, nöbette olduğum ve yangınla ilgili önlemlerle görevli olduğum için Tokyo'dan ayrılamayacağımı söyledim. Amca bana ne karşılık verdi dersin ?

1. Tokyo'da özel üniversite, Edebiyat ve Fen üniversitesi.
2. Savaş süresince birbirine yakın oturan on beş, yirmi aile, sivil savunmaya yiyecek bulmak için "Gruplar halinde" örgütlenmişti.

– Çocuklarını gönderdiğin zaman onlarla gel, Grup'un işlerini bir yana bırak. Çocuklar ağladı ve dayanılmaz gürültü kopardı. Oiso'ya çok az gidiyorum; gittiğim zaman da huzur istiyorum.

Yakın bir zamanda, Yohizawa'ların genç Ayako'sundan yakındı, Ayako'nun mağazaya sık sık gelmemezlik ettiğini ve bunun hiç de hoş olmadığını söyledi. Ayako'nun, annesi hasta olduğu için gelemediğini söyledim. Amca bana şu karşılığı verdi:

– Annesinin hastalığı özel yaşamla ilgili bir durumdur, ve bu, işiyle ilgili görevlerini ihmal etmek için bir neden değildir. Bunu ona söyle!

İşyerinde çalışan biri söz konusu olduğu zaman, amcan, işle ilgili görevlerin her şeyin başında gelmesini istiyor. Ama özel yaşamında rahatsız edilince "Görevlerinle ilgilenme, benim burada huzur içinde olabileceğim şekilde gör" diyor.

Henüz gençsin ama bunu anlayacağını sanıyorum. Ben, bu kadar bencil düşüncelerle sizi bu kadar rahatça satan bir adamla yaşayamam. Savaşın ne zaman biteceği bilinmez. Baban, sevilen çocukların bu tür bir ortamda yetiştirilmesinin korkunç olacağını söyledi, bu yüzden Suwa'ya gitmeye karar verdik.

Suwa uzak, orada Bayan Fujimori'den başka kimseyi tanımıyoruz. Annenin ayakları artık, gençliğindeki gibi değil, ama sizleri, siz hazinelerini, hayatta tutabilmek için gidiyor oraya. Baban da ben de Tokyo'da doğduk, ve gerekirse oraya kesin yerleşmeye hazırlanmak için gitmekte acele etmeliyiz Atalar "Başkent yaşanan yerdir" demiş. Belki de orada buluştuğumuz zaman umduğumuzdan daha iyi olur. Oraya yerleştiğimizde, bir şey olursa koşup gelirsin ve hep birlikte güvenlik içinde yaşarız. Dolayısıyla bir süre için ayrı kalmaya cesurca dayanalım.

5

ICHIRÔ'DAN ANNESİNE

28 Mayıs

Anneciğim,

Tütüncü konusunda söylediklerini çok iyi anladım.

Gerçekten de, şu anda bu ev onun ve bu yüzden çekinmeden her yanı kolaçan etti. Bunu unutan ben de bir hiç yüzünden kızdım ! Tütüncü önerdiğimiz fiyattan daha fazlasına satın almıştı değil mi ? Bu da tütüncünün bizden daha zengin olduğu anlamına gelir. O zaman sesimizi keselim !

Ama bir bekçi konmak istendiğine ve ben de tek başıma kalmam gerektiğine göre evini ona geri vermek gerekir.

Tokyo'ya geldiğinde yapacağın tek iş benim odamda yatmak. Tütüncüde kalan Bunridailı öğrenciyi tanıyorum. Birlikte ders çalışmayı pek seveceğim biri değil.

Pekala öğretmensiz yapabilirim, bunun için tasalanma.

Oiso olayına gelince, onu da çok iyi anladım. Bu amca ne kötü adammış böyle ! Onun böyle olduğunu sanmıyordum. Üstelik de tek amcamız değil mi ? Bak anneciğim, masallardaki amcalar hep iyi insanlar, arkadaşlarım da bana çoğu kez amcalarının onları sık sık gezmeye götürdüğünü ya da şunu bunu verdiklerini söylüyorlar. Oysa bu, benim başıma hiç gelmedi. Gerçekten hiç de komik değil. İnsanın cici bir amcası olması ne güzel olurdu !

Bu kötü adam bize geldiğinde onu diz çökerek saygıyla selamlamayacağım ! Anneme kazık atan bir amcayı !

Bugün okulda Old Black Joe'yu mırıldandım. Arkadaşlar şarkının sözlerini öğretmemi istediler. Sözlerini çok iyi bilmediğim için bana yazmanı istiyorum. Ama düzgün olarak, okuyabileceğim şekilde.

ANNESİNDEN ICHIRÔ'YA

Sonunda bütün eşyaları gönderebildim. Üç gün içinde birbirimizden ayrılacağız. Beni şu sırada en çok üzen, her an bir alay insanın gelmesi, bu da seninle rahat rahat konuşmamı engelliyor. Kapının zili çaldığında, kendi kendime: "Yine birileri ! "diyorum ve tüylerim diken diken oluyor. Ama bunlar işleri olan insanlar olduğu için doğal olarak onları kabul etmem gerekiyor.

Yarın akşam küçük bir veda yemeği vereceğiz ve sana sevdiğin bir yemeği hazırlayacağım. Sonra, öbür gün, okuldan döndüğünde alışverişe çıkacağız. Okuldan çabuk dön.

Ve ben bunu düşünürken, Oiso'daki amca yarın ya da öbür gün gelecek. Onu diz çökerek selamlamayacağını yazmışsın, bu hoş değil: kötü de olsa, o, her zaman senin amcan. Onu gereği gibi selamlayacaksın değil mi ? Yoksa canım çok sıkılacak.

Bugün Bay Fujii'yle karşılaştım, bana ergenliğin kritik dönemine ulaştığın sırada seni Tokyo'da tek başına bırakmanın tehlikeli olduğunu söyledi. Bunu ben de biliyorum. Başka biri de benden tavsiye bekleseydi ben de Bay Fujii'nin söylediklerinin aynını söylerdim. Buna seni burada tam bir güvenle tek başına bırakıyorum.

Yine de her şeyin ötesinde her zaman doğru ol.

Bugün hava sıcak gibi. Çok sevdiğim pavlonyalar yakında çiçek açacak.

ICHIRÔ'DAN ANNESİNE

30 Mayıs

Anneciğim,

Dün akşamki yemek çok iyiydi. Bir konuk havasında olduğum için biraz sıkıldım. Bu bir veda yemeği değil de sevinçli bir nedenle verilmiş olsaydı, çok daha güzel olurdu.

Dün akşam, coşkulu olmadığını söyledin. Belki bu sana korkakça gelecek ama, burada tek başıma kalma isteğim artık kalmadı. Bu, canımı çok fazla sıkıyor. Bu yüzden dün akşam pek fazla konuşmadım. Yine de bugün kendime telkinde bulundum. Bunu ben istemiştim, dolayısıyla acıyı bal eylemeye çalışacağım.

Anneciğim, bombardıman olmasa ne iyi olurdu ! Doğrusunu söylemek gerekirse buna katlanmak istiyorum. Ama, kendi kendime, rastlantı bu ya, yaralanacak olsan korkunç olacağını düşündüm ve bu yüzden de bombardımanı istemiyorum.

Hem sonra, ben öldürülmüş olsam bu sefer de sen çok acı çekerdin. Suwa gerçekten güvenli bir yer mi ? Bay Ota'ya göre en güvenli yer Tokyo. Hava savunması iyiymiş ve en iyi askerler buradaymış. Köyde korkmuyorlar, bu nedenle, tam tersine oraya daha kolay saldırılır. Bu doğruysa ne yapmalı ? Bütün bunları boşuna söylüyorum, artık Suwa'ya gitmemezlik edemeyeceğinizi biliyorum. Yine de bu, beni kaygılandırdığından, sana yazıyorum.

7

ICHIRÔ'DAN ANNESİNE

13 Haziran

Anne, tütüncü kötü bir kadın. Bir kase, daha pirinç istediğimde kalmadığını söyledi. Ama, hemen ardından, öğrenci Bay Kawada'ya pirinç verdi.

Anne ben de açım. Sefer tasım bile, okulda açtığımda, bir yana yığılmış pirinçle ancak yarı yarıya doldurulmuştu. Ve yine de akşam ikinci kâse pirinç alamıyorum. Bu kadarı gerçekten fazla!

İkindi kahvaltım için babamın tayınını bana bırakmıştın değil mi? Ama o, buna rağmen bana pirinç vermiyor. İki gündür böyle ve ben artık dayanamıyorum. Yaşamımda ilk kez gerçekten bu kadar açım. Hepsi benim kadar aç olsa boş ver, ama odama çıktıktan sonra, öteki tütüncü kadınla Bay Kawada, pastaları atıştırmak için kalıyorlar. Boğazını tutan bir tek benim.

Anne, bu koşullarda ders çalışmak istemiyorum.

Artık, bir bilgin olmaya ihtiyacım yok.

Bana her zaman yiyecekten söz etmenin ayıp olduğunu söylerdin, bu yüzden bütün bunları sana anlatmadım. Ama çok üzüntülüyüm. Kızgın değil!

Anneciğim bu olayla seni üzdüğüm için beni bağışla.

Seni yeniden görmeyi çok istiyorum. Tokyo'da tek başıma kalmayı istediğimi söylemekle iyi etmedim.

Kinjii, Yûzô ve Shirô, her üçü de yanında uyuyordur.

Yarın kompozisyon sınavımın olduğunu bildikleri halde, aşağıda, radyoyu sonuna kadar açtılar.

Haydi anneciğim iyi akşamlar.

8

ICHIRÔ'DAN ANNESİNE

14 Haziran

Sevgili anneciğim,

Dün sana bu kadar kötü bir mektup yazdığım için beni affet. Dün korkunç derecede incinmiştim! Bu da, beni öyle yazmaya itti.

Ama bu sabah uyandığımda, seni üzmekten korktum, bu mektubu yazmakta ve ekspres göndermekte acele ettim.

Anneciğim, bütün gece güzel bir uyku uyuduktan sonra şimdi yeniden iyi durumdayım.

Birazdan kahvaltı edeceğiz, yine, bir tek bana az yemek verilirse yaşlı olanına söyleyeceğim. Dolayısıyla üzülme.

Yataktayken iyice düşündüm: şu ana değin çok şımartılmıştım. Yiyecek azlığından söz edildiğini duydum, ama bunu hiç yaşamadım. Ben ne kadar yersem sen o kadar memnun olurdun. Tütüncüyle de durumun aynı olacağını sanıyordum, öyle olmayınca, incinmiştim.

Bugün İngilizce kompozisyon sınavım var. Kesinlikle iyi geçecek.

Geç kalmamak için senden ayrılıyorum. Hoşçakal.

Bütün yüreğimle sevdiğim anneciğim, üzülme !

9

ICHIRÔ'DAN ANNESİNE

Sevgili anneciğim,

Hangisi önce geldi, çirkin mektup mu, ekspres mi? Bütün gün okulda bunu düşünüp durdum.

Dün İngilizce kompozisyonum iyi geçti.

Kahvaltıda, tütüncülerin yaşlı olanı bana:

- *Bottchan,* yiyecek geldi, bugün istediğiniz kadar yiyin, dedi.

Yaşlı bir kadın olduğu için, bir sonraki dağıtımı almadığı zaman cimrileşiyor olmalı. Yaşlı bayan Aikawa da[1] tıpkı onun gibi. Böylelikle, bugün doyuncaya kadar iyice yedim. Sefer tasımda da dünkünden daha çok pirinç vardı. Bu durumda her şey yolunda!

Dünkü mektup, ayrıldığımızdan bu yana sana yazdığım ilk mektuptu ve sana bu kadar kötü şeyler yazdığım için özür diliyorum.

Kendime söz verdiğim birinci davranış kuralı sana üzüntü vermemekti. Ve işte gördüğün gibi böyle bir mektup yazmaz mıyım! Kızgınım, kendimden hiç hoşnut değilim. Postacı mektubu kaybetmiş olsa ve mektup eline geçmese çok mutlu olacağım!

Bugün lisede, bombardıman sırasında yapmamız gerekenler anlatıldı. Uyarı yapılırsa ders yapılmayacak ve birinci sınıf öğrencileri okula gelmeyecek. Evde kalınacak olursa, ben hemen Suwa'ya tüyeceğim. Dersin olmaması ve seni görmek harika olurdu! Ama bombardıman olacağına gerçekten inanıyor musun?

Yarın Bay Muraoka'ya gidip İngilizce dersi alacağım. İyi akşamlar anneciğim.

1. Ichirô'nun annesinin evinde bulunan yaşlı kadın.

ANNESİNDEN ICHIRÔ'YA

17 Haziran

Mektubun ve ekspres gönderdiğin aynı anda geldi. Ekspres de aynı anda gelmeseydi çok kaygılanacaktım. İki üç gün yiyeceğin az olursa ölmeyeceğin kesin, ama asıl kaldıramadığım bu tür duyguları duyman.

Çok yürekli olmadığım için, yalnızca mektubunu okumak bile içimi yaktı. Ne var ki, hemen ardından ekspresi bir solukta okuyunca, sakinleşir gibi oldum ve biraz rahatladığımı hissettim.

Yiyçcek konusunda, evdeki gibi olmayacağını tahmin ediyordum, ama iki tayın bıraktığım için en azından pirince yeteceğini sanıyordum. Yetmezse, düşünmek ve başka bir çözüm bulmak gerekecek. Tam büyüme çağındasın ve yeterince pirincin olmalı. Yine de, şu ana değin yediğin kadarına belki ihtiyacın olmayabilir.

İki üç gün daha dene ve bana nasıl gittiğini söyle.

Ama önemli olan, senin ruh halin. Sürdürdüğün yaşam seni çökertecekse, bu yaşamı değiştirmek gerekir.

Başkalarının ne yiyebileceğiyle hiç ilgilenmemiştin. Daha iki üç gün geçer geçmez, Bay Kawada'ya ikinci kase pirinç verilirken senin yiyecekten yoksun bırakıldığından yakınan bir mektup almak beni alt üst etti. Bana bu tür şeyler yazmaman gerek demiyorum. Beni heyecanlandıran, bunu düşünme noktasına gelmiş olman.

Şu halde, en iyi çözüm yolunu bulmaya çalışmak için düşünelim. Ben uzaktayım ve ne yapabileceğimi bilmiyorum. Dolayısıyla, senin, birkaç gün orada kalarak gerçekleştirebileceğin bir plan hazırlaman gerek. Örneğin hangi yiyeceğin arttırılması konusunda ve buna benzer diğer konularda. Ama sevgili küçüğüm, yine de, annenle babanın yanındaki gibi olacağını sanmaman gerekir.

Ansızın kötü bir şeyler olursa ne sinirlenmeli ne de kızmalısın, bunun, senin karakterini oluşturacak bir deney olduğunu düşünmelisin. Başarabilirsen, bu, senin olgunlaştığını ve seni hiç korkmadan her yere bırakabileceğimi gösterir. Başaramazsan, hoşnutsuz olduğunu hissedersen ve kendinden başkasına acıyamazsan, bu hala, annenle babanın korumasına ihtiyacın olduğu içindir. Ne demek istediğimi anlıyor musun ?

Ayrılalı dört gün oldu. Birbirimizi görmeyeli çok uzun zaman geçmiş gibi.

Yûzô'yla Shirô iyiler. Dün Grup toplantısı oldu; Yanda oturan Bay Momosè şöyle dedi:

- Burada yabancılar (yani bizler !) dağıtım sırasında en küçük payı alıyorlar ama onlardan daha çok vermeleri isteniyor. Lütfen bunu hesaba katın.

Ne korkunç ülke! Böyle bir yere zevkimizden gelmedik. Ama ben gülümseyerek:

- Tabii, anlaşıldı, diye yanıt verdim.

Tokyolu olan baban da, ben de, taşrada kimseyi tanımıyoruz. Ne kadar dayanılmaz olursa olsun, anneciğin, sizler için, gülümsemesini hiç eksik etmeyecek.

Ichirô'cuğum, ikimiz de yürekliyiz, her birimiz kendi yanımızdan.

Yüce gönüllülüğünü koru ve sağlığına dikkat et.

10

ICHIRÔ'DAN ANNESİNE

20 Haziran

Anneciğim, mektubuna teşekkür ederim. Seni kaygılandırdığım için özür diliyorum. Sağlığıma dikkat etmemi istediğinden, bundan başka birşeyle ilgilenmiyordum. Beni yeniden gördüğünde zayıflamış bulacağından korkuyordum.

Mektubun gözlerimi açtı.

Haklı olduğumu sanıyor, ama yanılıyordum.

Az önce okuldan döndüğümde, girişte bir aşağı bir yukarı dolaşan yaşlı kadını gördüm. Dışarıya çıkacakmış ama geldiğimde evi boş görürsem üzüleceğimi düşünerek dönüşümü beklemiş. Sonra gitti ve geç saatte, gece döndü. Gittiği yerden ona verilen bisküvileri getirerek, bunları, *Bottchan*'ın hoşuna gideceği için aldığını söyledi.

Yaşlı olanı ne de olsa daha nazik.

Genç olanı bu sabah yine bana kötü bir harekette bulundu. Ama bu kez incinmeden bunu yapmasına izin verdim. Doğrusunu söylemek gerekirse neredeyse gözlerim dolacaktı, ama kendi kendime alçak sesle yineledim: "yüce gönüllülük, yüce gönüllülük" ve hırsım geçer gibi oldu.

Bu sabahki kompozisyon iyi geçti.

Eve döndüğümde konuşacak kimse yok; bu, acı verici. Acaba akşam yemeğine kadar lisede kalabilir miyim?

11

ICHIRÔ'DAN ANNESİNE

22 Haziran

Anneciğim, sana üzüntü verecek mektup yollamamak için kendime söz vermiştim, ama bugün keyifli şeyler yazamıyorum. Beni azarlaman gerek anneciğim. Geçen günden beri, kin duymadan ve insanların kötülüğünü istemeden yaşamaya çalıştım, ama bugün yapamıyorum. Korkunç derecede, alabildiğine öfkeliyim.

Okulda bile çalışamadım, çünkü çok sevdiğim civcive kötü davranıldı.

En başından anlatmazsam, anlayamazsın. İşte: Her gün, kendi karnımı bile doyurmayarak civcivime pirinç veriyordum. Bugün, yaşlı olanı dedi ki:

- *Bottchan*, sizi civcivinize pirinç verecek kadar doyurmaya söz vermedim. Pirinciniz fazla geliyorsa, daha az veririm.

Anneciğim, pirincim fazla geldiği için bırakıyor değildim. Çünkü civciv için hiç yem kalmamıştı. Bunu sana söylememiştim, ama üç dört gün olmuştu. Tuhaf değil mi? Bir sürü darı vardı ve şimdiden hiç kalmamış. Nedenini bilmiyorum. Yalnızca civcivim yeseydi kalırdı. Yandaki evin çocuğu gelip:

- Tavuğuna verdiğin darı güzel, dediğinde bu sözleri garipsemiştim.

Sonra ona sordum:

- Nasıl yani?

- Sizdeki yaşlı kadın, geçen günden beri veriyor.

Yaşlı olanı, bana hiçbir şey söylemeden, civcivimin yemini komşuya veriyormuş! Kızmıştım, ama kızmamaya söz verdiğimden, olayların üstüne gitmedim ve o zamandan beri pirincimin bir kısmını civcivime ayırıyordum. B vitamini eksikliği olmasın diye üstüne azıcık Wakamoto serpiyordum, böylelikle o da yemini severek yiyordu.

Anne yakında Tokyo'ya gelecek misin? Sen gelene kadar onu bu şekilde beslemeyi düşünüyorum, çünkü evin arkasında hala, yeşil yapraklar var. Ama yaşlı olanı bugün böyle söyleyince ona verecek pirincim kalmayabilir. Hayır, kesinlikle olmayacak. Zavallı civcivcik, bu evdeki tek dostum, eve dönmemi bekleyen tek canlı!

Anne, böyle bir olayda bile mi kızmamam gerek? Hayır, kabul etmiyorum. Bugün, bu zavallı civcivi düşünerek eve dönerken, dalgınlıkla tramvay yoluna çıkmışım.

Anneciğim bana çabuk cevap yaz!

ANNESİNDEN ICHIRÔ'YA

Ichirô, mektubunu okudum. Üzüntün beni ağlattı.

Ayabelerle böyle bir olayın başa gelmeyeceğini sanıyorum. Civcivini onlara götür ve senin adına civcivi alıkoymalarını iste: kesinlikle özen göstereceklerdir.

Ben gelene kadar uslu dur. Kafa tutma.

Ve, başka bir şeyi düşünerek yürürken, tramvayla ezilmemeye dikkat et.

Tütüncü böyle davranıyor ama aslında kötü biri değil. Dili dikenli, kim ona bir şey anlatacak olsa onları anlıyor. Genç olanı da, yaşlı olanı gibi tavuk beslemeyi sevmediklerini söylüyor. Artık onlara ait olan bahçede, sürekli tavuk görmek hoşlarına gitmiyor olsa gerek. Civcivini, bir aksilik çıkmadan odanın balkonunda besleyebilirsin. Ama ona yiyecek vermeyi unutursan, ilgilenecek kimse olmaz, bu açıdan Ayabeler daha iyi. Yine de onu yanında tutmayı yeğlersen, okuldan, herhangi bir hayvana bakmanızı istediklerini söylemekten başka çözüm yolun yok, ve onu tutmaya devam et. Çekinmen gerekmez; onlar senden çekinmediklerine göre sen de canının istediğini yap.

Fuardan aldıktan sonra bu civcivi büyütmek için çektiğin sıkıntıyı anımsıyorum; onu bir elektrik ampulüyle ısıtıyordun. Sonra civciv üzerine bir rapor hazırlamıştın, Öğretmen seni övmüş ve onu çok dikkatli büyütmeni istemişti...Senin çok değerli civcivin!

Üzüntünü çok iyi anlıyorum. Ama kafa tutma. Önümüzdeki cumartesi Tokyo'ya geleceğim. Muhtemelen saat ikiyi biraz geçe evde olacağım. Ders biterse eve gelmeye çalış.

Hediye olarak ne istersin?

Şekerlemeleri pek sevmezsin, mochi[1] de bu dönemde çok çabuk bozuluyor. Köyde senin o çok sevdiğin Avrupa pastalarından yok. Yine de bir şeyler bulacağım, bekle. Şimdilik hoşçakal.

12

ICHIRÔ'DAN ANNESİNE

26 Haziran

Sonunda bu yaşama alıştığımı sanıyorum: artık yalnız olmaktan acı çekmiyorum. Hatta saatlerimi istediğim gibi düzenlemekten ve uygun gördüğüm şekilde hareket etmekten memnunum.

Yakın zamana kadar, her konuda danışmak için annemin sesle erişebileceğim uzaklıkta olmaması beni üzüyordu; Yûzô' yla Shirô'nun yokluğuna da üzülüyordum. Ama alışınca, ders

1. Yılbaşında yenen; buğuda pişirilmiş ve üstüste konmuş pirinç ezmesi. Küçük kareler halinde kesilerek odun kömürü ateşinde pişirilir, sonra şekerli soya sosuna atılır.

çalışırken beni rahatsız eden küçüklerin çevremde olmayışı neredeyse hoşuma gitti.

Alışkanlık tuhaf bir şey. Örneğin, yaşlı olanı, banyodan sonra büyük havluyla kurulanmıyor, art arda aynı çamaşırla kurulanmanın pis olduğunu söylüyor. Başlangıçta bu, bana garip geliyordu, ama şimdi, ben de onun gibi, garipsemeden küçük bir el havlusu kullanmaya alıştım. Alışkanlıklar çabuk ediniliyor.

Bu sıralarda okulda tam anlamıyla inekliyorum. Balık yağımı da içiyorum.

Korktuğun gibi, kendimi acınası hissetmiyorum artık. Ne var ki, bana bıraktığınla, pek fazla param yok. Savurgan davrandığım için değil. Ders kitaplarım için 11 Yen harcadıktan sonra, berbere gidecek param kalmadı, bu yüzden de saçım başım darmadağınık.

İyi akşamlar, bana acele para gönder.

13

ICHIRÔ'DAN ANNESİNE

1 Temmuz

Anneciğim, hiç geciktirmeden para yolladığın için teşekkürler. Hiç, 100 Yen kadar büyük param olmadığı için rahat olamadım. 30 Yen'i kitaplarımdan birinin içine, 30 Yen'i yatağımın altına, 10 Yen'i cüzdanıma koydum, 30 Yen'i de yaşlı kadına emanet ettim.

Hemen berbere gideceğim.

Dün, bir ön uyarı yapıldı. Gerçek uyarı yapılır yapılmaz Suwa'ya geleceğim.

Bu kadar uzağa tek başıma gitmekten korkuyorum, ama öte

yandan, bunun hoşuma giden, serüvenci bir yanı var. Beni gerçekten korkutan tek şey bilet. Benim gibi küçük bir çocuk bilet alabilir mi?

Ha! parayla birlikte yolladığın yumurtalar öyle güzeldi ki üçünü birden yedim! Bir yandan burada olsaydın oburluğum yüzünden belki de beni azarlayacağını düşünürken, aynı anda da onları yuttum!

Bu sıralarda Tokyo'da hiç yumurta bulunmuyor. Tütüncülerin ikisine de yumurta verdim. Uzun zamandır yumurtaları olmadığını söyleyerek yediler. Bay Kawada'ya vermedim. Çünkü o sırada evde yoktu, ama, doğrusunu söylemek gerekirse, kadınlara yumurta vermek için onun evde olmadığı saati seçtim. Bu adamı sevmiyorum. Erkek ama, zamanını tütüncüyle kızının gözüne girmeye harcıyor.

Bay Muraoka'dan İngilizce dersleri almayı sürdürüyorum. İyi akşamlar anneciğim.

ANNESİNDEN ICHIRÔ'YA

Mektubun bana yeniden şevk kazandığın izlenimini verdi; bundan çok mutluluk duyuyorum.

Bununla birlikte, Bay Ayabe'nin paketleri getirdiği gün sözünü ettiği bir konu beni kaygılandırıyor.

Okuldan çok geç dönüyormuşsun. Dersler bu kadar uzun mu sürüyor? Ve sabah da çok erken gidiyormuşsun. Hep okulda durarak hasta olmayasın? Birinci yıl bile olsa lisede bu kadar çok mu ders var?

Babana bu konuda ne düşündüğünü sordum, ama, her zamanki gibi "suya sabuna dokunmayan" türden yanıt verdi ve bu beni ondurmadı.

Bana ne olduğunu söyle.

Ben de buradaki yaşama alışıyorum. Sen gelmeden önce

Amasake[1] yapmayı öğreneceğim. Şu ana değin onu pek sevmiyordum, ama şimdi çok lezzetli bir içki gibi geliyor. Sen de kesinlikle seveceksin. Karşımızdaki evde oturan Bayan Kakisaki çok kolay bir yöntemle Amasake yapmayı gösterdi. Köyde, insanlar, tüm yediklerini kendileri üretmek zorunda. Tokyo'da doğup büyüyen ben, bunu çok garipsemiştim.

Ve, Tokyo'da üzerine bir alay tantana yapılan pirinç burada istemediğin kadar bulunuyor.

Kinji'nin ateşi var, dünden beri yatıyor. Sol yanağı şişti, bu haliyle canavara benziyor.

Yûzô da iki gündür çok huysuz. Kendi kendime neyi olduğunu sorup duruyorum. Bu aralar O-Toshi de korkunçlaştı. Dört gündür benimle tek kelime konuşmuyor. Farkına varmamış gibi davranmak istiyorum, ama yanımda, bana kafa tutan birilerinin bulunması beni hasta ediyor. Hiçbir nedeni olmadığı halde, arada bir bunu yaptığından yapacak bir şey yok.

Haydi küçüğüm, sağlığına çok dikkat et. Ve zamanın olduğunda lisedeki yaşamını bana ayrıntılarıyla anlat.

14

ICHIRÔ'DAN ANNESİNE

4 Temmuz

Sevgili anneciğim, mektubuna teşekkür ederim.

Kinji iyileşti mi? Birlikte olduğumuz zaman kavga ederdik, ama uzakta olunca onun yalnızca iyi yanlarını düşünüyorum ve onun için kaygılanıyorum. Ya Yûzô? Yeniden canlandı mı? Kin-

1 Amasake: Yarı mayalanmış pirinçle yapılan bir içki.

ji'nin ya da Yûzô'nun hastalandığını duyunca, yine yorulacağını düşünüyorum ve bu beni kaygılandırıyor. Anneciğim sağlığına dikkat et: Annem, yalnız benim annem için endişeleniyorum.

Buna karşılık, ben de, senin için kendi sağlığıma dikkat edeceğim.

Gelelim liseye: her gün beş, altı saat dersimiz var. Cumartesi günleri, ders öğlene kadar.

Doğrusunu söylemek gerekirse, okula daha geç gidebilirim, dersler biter bitmez dönsem, saat 3 sıralarında evde olurum. Ne var ki, bir spor uğraşına ya da başka bir uğraşa katıldığımda, haftada iki kez çalışma olduğundan, akşamdan önce eve gelemiyorum. Diğer günler geç gelmem ya da erken gitmemse, öyle istediğim için.

Anneciğim, evde boş boş oturduğum zaman yalnızlık ağır geliyor. Bu nedenle kalkar kalkmaz kahvaltı edip okula gidiyorum. Okula geldiğimde, çok erken olsa da hep başka bir öğrenci buluyorum. Arkadaşlarla oynadığım zaman karamsarlığımı unutuyorum. Kimse olmadığı zaman da top oynayarak bekliyorum. Dersten sonra yine aynı. Akşam çok karamsar oluyorum. Bu yüzden karanlık çökene kadar kalıp top oynuyorum.

Bu kötü mü anneciğim? Oynamak için kalıyorum, ama kötü bir iş yapmıyorum. Arkadaşlık ettiğim kişilere de dikkat ediyorum. Tasalanma, kötü arkadaşlar edineceğimden korktuğunu sanıyorum, ama bizde "furyô[1]" yok. Hepsi kibar ve hoş çocuklar. Ben beyzbol takımındayım; üst sınıflardaki çocuklar çok iyi. Yamada onlardan birinin "furyô" olduğunu söyledi, oysa onunla sohbet ettim, ve onu çok kibar buldum. Bana karşı çok nazik.

Anneciğim, söyle bana "furyô"lar ötekilerinden nasıl ayrılır? Yoksa bunlar hani şu kasketini kafasına ters geçirenler mi? Yoksa kötü giyinenler mi? Bizim sınıfta öyle iki üç tane var, ama kumaşlar karaborsadan alınmadıkça ya da onlara el konul-

1. Furyô: Kötü çocuk, serseri.

madıkça insanın güzel giysilere sahip olamayacağı çok açık olduğuna göre, onlara "furyô" demek gülünç olur. Yoksul giyimliyseler, bu, onların suçu değil!

Yine de çok dikkat edeceğim, dolayısıyla, dert etme.

Sağlığına dikkat et.

ANNESİNDEN ICHIRÔ'YA

6 Temmuz

Telgrafını aldım. Hasta olduğunu sandım ve heyecanlandım. Böyle olmadığına çok memnunum.

Şimdiden denize mi gireceksin? Dikkat et. Güçlü yapından dolayı böbürlenip suda çok kalma.

Şortun eline geçtiği zaman söyle. Şortu çabuk aldığını anlamam, sana başka koliler göndermem için yararlı olacak.

Burası aşırı sıcak. Tokyo'da ısı herhalde korkunçtur.

Acele yazdım, çünkü kolici mektubumu bekliyor.

15

ICHIRÔ'DAN ANNESİNE

7 Temmuz

Anneciğim mayo şimdi geldi. Tam olarak 7'ye 5 kala. Post cın dün yola çıkmış ve ilk trenle gelmiş.

Şu mayo yüzünden gerçekten sıkıntı çektim. Bir tane satın almak istedim, ama artık satılmıyor. Canım çok sıkkın bir halde, kendi kendime ne yapacağımı sorup duruyordum. Bir mektubun zamanında gitmeyeceğini düşünerek sana telgraf çektim. Seni telaşlandırdığıma üzüldüm.

Bu durumların olağan mı olduğunu düşünüyorsun? Hala, bir yerlerde kumaş bulunuyor mu? Yoksa yalnızca karaborsada bulunduğu için gidip senin mi alman gerekir? Bunu düşünüp böyle bir durumda ne yapmam gerektiğini söyler misin?

Okula gidiyorum. Havuzun suyu büyük olasılıkla soğuktur. Yamada bile kakırdadığını söyledi.

Şimdilik hoşçakal.

16

ICHIRÔ'DAN ANNESİNE

12 Temmuz

Sevgili anneciğim sağ ve esen geldim.

Uzun zamandır görüşemediğimizden, birkaç günümü seninle birlikte geçirmekten çok mutluydum. Keşke her zaman uyarı verilse!

Ama buraya geldiğimde Bay Kawada benimle alay etti. Suwa'ya korktuğum için gitmediğimi, uyarı zamanlarında birbirimizden uzakta olunca senin tedirgin olduğunu anlattım. O zaman bana:

- Ağzın hala süt kokuyor, dedi.

Ne pis adam!

Okula gittiğimde dört günlük yokluğum sırasında derslerin ne kadar ilerlediğini görerek şaşırdım. Şimdi ne matematiğe ne de İngilizceye yetişebiliyorum. İlkokuldayken, çok büyük sorun çıkmadan birçok dersi kaçırabiliyorduk, ama lisede ne kadar farklı ! Yine de onlara yetişeceğim, üzülme.

Seni görmek bana cesaret vermiş gibi.

Yûzô'yla Shirô'nun ne kadar büyüdüğünü görünce şaşırdım. Kinji'yse yokluğumdan bu yana bir küçük adam olmuş. Ne var ki, üçü de bana çok kaygısız göründü. Boşuna büyümüşler, onlar için çektiğin sıkıntıyı anlamaları gerekirdi. Misoshiru[1] 'yu ve baharatları pirinçlerin üstüne koyuyorlar, sonra da iyi olmadı deyip hepsini bırakıyorlar. Kinji acıkmadığını öne sürerek yemiyor, sonra da bisküvileri tıkınıyor. Bunun beni kızdırdığını itiraf edeyim. Kinji'yle Yûzô'ya Tokyo'da tek bir pirinç tanesinin bile çok değerli olduğunu söylediğim zaman, bu, onları hiç etkilemedi.

Onların yerinde olsaydım, belki benim de onlar gibi olacağım doğrudur.

Bana istasyonda yarım bilet verdiler. Lise kasketim başımda olduğu halde yarım bilet ! Fark ettiğimde değiştirmek istedim, ama arkamda duran bey çabuk olmamı söyleyerek beni itiyordu, ben de durumu hiç bozuntuya vermedim.

Bir yandan iyi bir iş yapmışım gibi geliyor ve bundan yararlanmak istiyordum, ama yol boyunca da ya kontrolör gelip biletlere bakarsa diye diken üstünde oturdum. Tren Shinjuku'ya gelince rahat bir soluk aldım ve kendi kendime bir daha asla yapmayacağım dedim.

Ama bugün iyi bir iş yaptığım düşüncesi ağır basıyor. Düşün bir! İki top aldıktan başka, üstüne para da kaldı.

Suwa'dan dönerken, bana yine yarım bilet vereceklerini umarım. Lise kasketim başında olduğuna göre suç benim değil , değil mi?

1. Misoshiru: Her öğün yenen bir tür kuru fasulya çorbası.

ANNESİNDEN ICHIRÔ'YA

14 Temmuz

Mektubun geldiğinde sana yazmak üzereydim. Bu uyarı sayesinde seni yeniden görebilmekten de mutluydum.

Kinji'nin ve diğerlerinin sana büyümüş gibi geldiğini söylüyorsun, ama bana onlardan daha çok olgunlaşmış gibi gelen sensin. Her halde bu, seni her gün görmediğim için. Daha sakin bir şekilde sohbet edemeyişimiz ne kötü. Senin de görebildiğin gibi, sürdürdüğümüz yaşam bana hiç boş zaman bırakmıyor. Yapılacak o kadar çok iş var ki ! O-Toshi'nin üstlenebileceği bir iş söz konusu olsa bile bunu ben sırtlanmak zorundayım. Çünkü, böyle bir iş için hizmetçi kullanmam hoş karşılanmayacaktır. Odun dağıtımına gitmek, hatta yolu süpürmek, bütün bunlar benim işim! Taşra yaşamı ne kadar karmaşık! Bana çok şey öğretiyor.

Uyarı olduğu zaman Suwa'ya geldiğin için Bay Kawada'nın seninle alay ettiğini söylüyorsun, aldırma. Bir bombardıman olsaydı ve sen orada, ben burada olsaydık ne kadar kaygılanacağımı düşün. Suwa'ya gelmek anneni rahatlatmak demektir. Kendine bunu söyle ve bütün alaylara benim için dayan.

Ne var ki, buraya gelmek sana günlerce ders kaybettirdi. Bu çok sıkıcı, dersinin gecikmiş olmasından korkuyorum. Hala liseyi boşaltmaktan söz edilmiyor mu?

Tren biletine ilişkin iyi iş yapmana gelince, benim pek hoşuma gitmedi. Yol boyunca yalnızca titremek bile sağlık için iyi değildir. Ahlaki sağlıktansa hiç söz etmeyelim.

Evet, kendine dikkat et.

Annen

17

ICHIRÔ'DAN ANNESİNE

22 Temmuz

Sevgili anneciğim, seni bu kadar uzun zamandır habersiz bıraktığım için özür dilerim. Şu sıralar delicesine çalışıyorum. Korkunç. Suwa'ya ilk yolculuğumdan sonra bu o kadar korkunç olmamıştı. Ama şimdi neredeyse ürkütücü. Bir gün daha fazla kaldığım doğru. Ben yokken yapılan derslere yetişmeyi henüz başaramadım. Bu biraz da bize derslerin bombardımanlarla kesilmesi korkusunu vermesinden olmuyor mu? Her koşulda, çalışma konusunda büyük sorunlar karşısında pek gerilemeyen ben, biraz köşeye sıkıştığımı itiraf edeyim.

Orada birkaç gün geçirdikten sonra, Tokyo'da yenilen pirinç ne kötü geliyor! Ama yeniden alışınca hiç düşünmüyorum. Kinji ise bunun bir lokmasını bile yutmazdı.

Lise için ödenmesi gereken ne varsa ödedim ve 26.60 Yen kaldı. Onu cep harçlığı olarak sakladım. Haftaya ailelerin toplantısı var : Ne yapmalıyım?

Ayakkabı dağıtıldı, ama buna karşılık, vermem gereken eski jimnastik ayakkabım olmadığı için ben alamadım. İnsan yalnız yaşadığı zaman, gerçekten beklemediği sıkıntılarla karşılaşıyor. Eskiden salt ayakkabı dolabını açarak bir sürü eski pabuç bulacağım kesindi. Tütüncü temizliği seviyor ve bütün eskileri atıyor. Bu nedenle de hiç altı delik ayakkabı yok.

Uyarı olduğu için burada kesiyorum. İlk uyarı verildi. Gerçek uyarı olmadığını umut ederim. Yeniden Suwa'ya gelmek zorunda kalırsam o zaman defterlerim artık hiç günü gününe olmaz!

Nöbet sırası bende olduğu için senden ayrılıyorum.

18

ICHIRÔ'DAN ANNESİNE

24 Temmuz

Anneciğim. Bugün aldığım büyük bir kararı sana bildirmek için yazıyorum: Fuzoku'dan ayrılıp Suwa Lisesine girmek istiyorum.

Fuzoku'ya kayıt olduktan sonra, bir taşra lisesine girmekten duyduğum tiksinti en ufak bir şekilde değiştiği için değil. Ama her uyarıda Suwa'yla Tokyo arasında mekik dokumak bir sürü sorun çıkarıyor.

Suwa'ya gelip, hepinizi gördüğümde, gelmekle iyi ettiğimi, ama gelene kadar neler çektiğimi sana nasıl anlatacağımı düşündüm. Tren biletleri gitgide daha zor bulunuyor ve Suwa'ya gideceğimi söylediğim her kezde yaşlı kadın, kızı ve Bay Kawada benimle alay ediyor:

- İşte yine tüyüyor! Yine tüyüyor! diyorlar.

Sonuncusunda, bu, beni öylesine kızdırmıştı ki, neredeyse gelmekten vazgeçecektim. Ama çok kızardın değil mi?

Ve geri döndüğümde yine aynı durum! Bir başka yaşlı kadın ziyarete geldiğinde, tütüncü ona özellikle:

- Biliyor musunuz, bu delikanlı uyarı olur olmaz köye kaçıyor, diyor. Ve çaylarını içerek gülüşüyorlar. Sonra gelen yaşlı konuk beni önemsemeyerek, şöyle diyor:

- Delikanlı, Tokyo'ya bombalar düştüğü zaman, bu Japonya'nın sonu olacak.

Bay Kawada da Tokyo'nun kesinlikle güvenli olduğu görüşünü savunuyor. Doğru olsaydı hiç korkmadan burada kalabilirdim, ama babam en ortada olan yerin Tokyo olduğunu söylüyor; rahat olamıyorum.

Benim için, öldürülmek pek fark etmez. Ama Tokyo'da tek

başıma kalarak öldürülürsem, sen çok acı çekerdin. Köy bombalansaydı ve ben burada, Tokyo'da tek kalsaydım...hayır! Hele bunu hiç istemem. Sen öldürüldükten sonra tek başıma yaşamayı sürdüremem. Lisede sınıf öğretmenimiz Bay Ozeki ne düşündüğünü söylemiyor. Bay Ishibashi bana karşı çok nazik, ama yönetici olduğu söylenen jimnastikçi beni çok korkutuyor. Sık sık gelmediğim için beni sevmediğini sanıyorum. Öyle korkunç ki Muraoka bile ondan korkuyor. Hasta olup da gelinmese bile:

- Yine ipini koparanlardan biri ! diyor.

Bu nedenle, bana kızıyor olması belki de kaçınılmaz. Yaptığım iş iyi olduğuna göre kötü görülmesinin beni pek etkilememesi gerektiğini söyleyerek kendi kendime akıl yürütüyorum. Yine de onun ders saati geldiğinde, her bir şey olduğumu hissediyorum. Jimnastiğin olduğu günler daha sabahtan itibaren hasta oluyorum. Yine de, Hiraoka dışında bütün arkadaşlarımın ona alıştığı izlenimindeyim. Kendi kendime bu korkunç duyguyu anlayıp anlayamayacağını soruyorum.

Bana: "Görüyorsun ya!" diyeceğini düşünürken her şeye dayanmak istiyorum, ama yine de senin yanında olmayı yeğliyorum.

Gurur meselesi yaptıktan ve tek başıma Tokyo'da kalmak istedikten sonra, dönem bile bitmeden sana bu tür şeyler söylemek can sıkıcı. Bütün bunlara rağmen, size yeniden kavuşmama izin verin.

Bütün bunlara karşın, istemezsen burada kalacağım ve ne kadar zor olursa olsun dayanacağım. Ama bana yalnızca acıyacağını düşünüyorum, çabuk cevap ver.

Hem yürekli, hem zayıf Ichırô'n.

ANNESİNDEN ICHIRÔ'YA

Mektubunu dün akşam aldım.

Bir çok uyarı yapılmasından memnumdum, çünkü bunlar seni sık sık görmemi sağlıyorlardı. Başlangıçta senin için kaygılanıyordum, ama sen komşudan geliyormuşçasına çok sakin geliyordun ve sonunda bütün bunların sana neye mal olduğunu unutmuştum, bağışla.

Gerçekten, buraya gelmeye karar verdiysen, bunu sevinçle onaylarım. Senin yaşındaki bir gençten tek başına kalmasını istemek, çok şey istemek olurdu.

Olağanüstü olaylar paylaşılırken, yürekler kendilerini birbirine daha yakın hissediyor. Örneğin insanlar hep birlikte sığınaklara sığınmaya gittikleri ya da herkes bir uyarı anında yerine gittiği zaman kendilerini birbirlerine daha yakın hissediyorlar. Ve o sıralarda yalnızca sınıfa girildiğinde, sen arkadaşlarınla olmadığın zaman senden kaynaklanan olağanüstü hiçbir şey yok demektir.

Jimnastik öğretmenine gelince, askerse çok emir vermeye daha yatkın olabilir. Bu sıralarda yalnızca asker olmak bile insanların gurur duymalarına yol açıyor. Söylendiğine göre askeri talimlerde iyi not alınmazsa yüksek okullara kabul etmiyorlarmış, bu da onların daha saldırgan olmalarına yol açıyor.

Buraya gelme kararı aldığına baban da memnun oldu. Seni buraya aktarmasını istemek için Bay Ozeki'ye hemen mektup yazacağım. Ama buraya gelirsen yerine getirilmesi gereken formaliteler var, bütün eşyalarını da toplaman gerekir. Dolayısıyla, bizden biri, baban ya da ben, 4, 5 gün içinde Tokyo'ya geleceğiz. Suwa lisesi için Bay Yoshizawa'dan bilgi aldım ve bana bir devlet okulundan gelen öğrencinin kabul edilmesi için hiçbir zorluk çıkmayacağına güvence verdi. Bay Yoshizawa aynı zamanda lisenin müdürü. Bu yörede Suwa lisesinden başka lise yok. Lise dağda, buradan 20 dakika uzaklıkta, ama ben oraya hiç gitmedim. Söylendiğine göre bir taşra lisesi olarak oldukça iyi eğitim veriyormuş.

Dolayısıyla, bu karar verildiğinde baban ya da ben ikimizden birinin Tokyo'ya geleceği günü sana bildireceğim. O gün uyarı olmamasını dilerim, çünkü bu koşulda sen Suwa yolunda olursun ve birbirimizle çakışırız.

19

ICHIRÔ'DAN ANNESİNE

27 Temmuz

Anneciğim, bugün okulda Bay Ozeki beni çağırttı. Kendi kendime benden ne istediğini soruyordum. Senden bir mektup aldığını söyledi. Son öğretmen toplantılarından birinde lise öğrencilerinin aktarılmasına ilkokul öğrencilerininkiyle aynı koşullarda izin verileceği söylenmiş. Dolayısıyla, savaş sonunda, Fuzoku'ya dönebileceğim. Bay Ozeki bana Suwa Lisesi'siyle ilgili çok iyi şeyler anlattı. Ayrıca, sizin yanınızda ne de olsa daha iyi olacağımı söyledi.

Şimdi geleceğim kesinleştiğine göre, kendimi daha rahat hissediyorum. Kafam daha dingin. Bugün jimnastik var, ama tuhaftır; korkunç hocanın sesi beni artık ürkütmüyor. Bana bağırsa da ancak birkaç gün için olacak...

Derslerden sonra saat 3'te, her zamanki gibi oynamadan eve çabuk döndüm ve mektubunu aldım.

Anneciğim, son defa olduğu gibi beni şaşırtmadan gelmek için elinden geleni yap. Anlıyorsun ya, Suwa'da olduğumda sen hepimizin annesi olacaksın. Senin ancak dörtte birine - hayır, babamı da sayarsak beşte birine - hakkım olacak. Ama sen buraya geldiğinde çok az bir zaman için de olsa sen benim annem, bütünüyle benim annem oluyorsun. Kesinlikle gel anne. Seni bekliyorum, seni görmekten sevinç duyuyorum.

Derslere gelince, iyi bir sonuca ulaşmak için onlara asılacağım.

Bay Ozeki, aktarılmasını isteyen başka bir öğrenci daha olduğunu söyledi. Diğerlerinin bunu düşünür gibi bir hali bile yok. Bugün onlardan biri bana dedi ki:

- Galiba senin ailen korkaklar çetesi !

Şimdi bu tür şeyler beni hiçbir şekilde etkilemiyor. Her koşulda ayrılacağımızdan herkesle iyi kalmayı yeğliyorum.

Anneciğim, yalnızca benim annem çabuk gel. Bu arada ben de sıkı çalışacağım.

20

ICHIRÔ'DAN ANNESİNE

20 Ağustos

Güneş Suwa'da ne esen parlıyor! Hava o kadar temiz ki, insan, Tokyo gibi bir yerin nasıl aynı Japonya'da olabileceğini soruyor. Şu ana değin kafamda hep hemen geri döneceğim düşüncesi vardı; şimdi farklı ve belki de bu nedenle kendimi o denli dinlenmiş hissediyorum.

Sabah keyfi yaptım; kalktığımda sen çoktan gitmiştin. Tokyo'dayken, buraya bir kez gelince sana yardım edeceğime ilişkin kendime söz vermiştim, ama işte daha ilk günden bunu yerine getiremiyorum!

Senin yokluğun sırasında çevrede dolaştım. Bütün insanların bana merakla bakması canımı sıktı. Yandaki evin beyi bana bir şeyler söyledi, ama onu pek iyi anlamadım. Okuldaki öğretmenler de böyle mi konuşuyorlar? Böyleyse derslerinden hiçbirini anlayamayacağım.

Okula ne zaman gidebileceğim? Bu defteri yeni aldım. Geçmişte olduğu gibi yine yazışalım ister misin? Bu bana çok büyük zevk verir.

Birazdan öğle olacak. Yûzô'yla Shirô, babamla gittiler, ve ben evde tek kaldım.

İnsan Tokyo'da boğulurken, nasıl oluyor da burada taptaze bir hava var? Dağda bile bu kadar büyük bir ısı farkı olabileceğine inanmazdım.

21

ICHIRÔ'DAN ANNESİNE

25 Ağustos

Bugün Momosè ne demeye geldi? Ona bir sürü açıklama yapıyor gibiydin; bir şey mi oldu? Bu, beni meraklandırdığından sana ne olduğunu sormaya geldim, ama sen hiçbir şey olmadığını söyledin. Oysa kıpkırmızı kesilmiştin.

Bana her şeyi söyleyeceğine söz vermemiş miydin? Buna karşılık ben de her şeyi sana söyleyeceğime söz vermiştim. Ve buna rağmen, bugünkü gibi, bir şeyler olduğunda, sen bana hiçbir şey olmadığını söylüyorsun!

Çocuk olduğum için bilmemem gereken bir konuysa, hiçbir soru sormayacağım. Ama öyle değilse, lütfen söyle bana. Tek başına üzülüyor gibisin; ben de bunu sevmiyorum.

ANNESİNDEN ICHIRÔ'YA

Bugün Bay Momosè bana iki konudan söz etmeye geldi. Bunlardan biri dağıtımdı. Sana söylediğimi zannettiğim gibi, buraya yeni gelenlerin diğerlerinden daha az alması adetten. Dolayısıyla, son dağıtımda ben hiçbir şey almamıştım. Bu kez dağıtımda tam anlamıyla Yûzô'nun ihtiyacı olan Tabi'ler[1] olduğundan edinip edinemeyeceğimi sordum. Bay Momosè beni azarladı. Bizim Grupta Tabi'lere kimsenin ihtiyacı olmadığını sanıyordum. Oysa, Bay Momosè onları torunu için istiyormuş. Üstelik bu onun hakkıymış. Bu midemi bulandırdı. Ama hoşuma gitmediyse, buradan çekip gitmekten başka yapacağımız bir iş olmadığını söylediğinden alttan alamazdım. Her zaman "dört çocuklu insanlara ev vermeyi kim kabul eder?" diyor. Bana bunu söyledikleri zaman verecek yanıt bulamıyorum, başımı önüme eğmekten ve yüzümün kızarmasından başka bir iş yapamıyorum.

Öteki konu, geçen gün bizde oturan ve Bay Momosè'nin bahçeye diktiği pırasaları hiçbir şey söylemeden söken Bayan Aikawa, Momosè bundan da şikayet ediyordu.

Sana bu kadar çirkin şeylerden söz etmek istemedim. Bu, senin tertemiz yüreğini kirletmek gibi geliyordu. Ne olursa olsun, senden gizlemek istediğim için değil. Bütün bu alçaklıklara üzülme. Sen bir erkek çocuğusun; bütün bu şeylerle alttan alarak benim uğraşmam yeter.

İyi akşamlar. Yarın baban senin için liseye gidecek; kağıtların geldi.

1. Yalnızca başparmağı ayrı olan Japon çorapları. Çoğu kez ölçüye göre yapıldığından Tabi'ler pamuklu, ipekli, kadife olur. Ayağın bütününü sarar ve ayak bileğinde çıtçıtlanır.

22

ICHIRÔ'DAN ANNESİNE

22 Eylül

Sana bunu daha önce de söylemiştim, ama lise ne kadar uzak! Şaşırdım kaldım. Eve döndüğümde ayaklarım geziden gelmiş gibiydi!

Öğretmen pek hoşuma gitmedi. Öğrencilerin çoğu asık suratlı. Düş kırıklığına uğradım.

Yarından itibaren oraya her gün yürüyerek gitmem gerekecek. Sen bana bisikletle gitmemin daha iyi olacağını söylemiştin. Ama, liseye yarım saatten daha yakın bir uzaklıkta oturuluyorsa buna izin verilmediği söyleniyor. Bunun sonucunda da, hoşuma gitmese bile oraya tabanvayla gitmek zorundayım.

Babam söylemiş olmalı, Fuzoku'daki notlar pek iyi değildi. Hele jimnastik, orta almışım. Öğretmen, boşaltma nedeniyle olmasaydı, notları böyle olan bir öğrenciyi Suwa lisesinin kabul etmeyeceğini söyledi.

Jimnastikteki kötü notlar askeri talimlerin çoğuna girmeyişimden kaynaklanıyor, çünkü onlar uyarı yapıldığı zaman buraya geldiğim dönemlere denk düşüyordu. Öteki derslerde sınavları verdiklerimden iyi notlar almışım. Ama, bazılarında notlarımın gerçekten kötü olduğunu sanıyorum.

Çoğu kez, derslere girmediğim için kınanacağımı sanıyordum, ama kötü notlar aldığım için kınanacağımı hiç düşünmemiştim! Bu beni gerçekten aptallaştırdı. Oysa babamın tam anlamıyla sakin bir hali vardı:

- Bu çocuğun notları iyi değilse bu, şimdiki koşullar yüzündendir, diye açıkladı. Liseye bir kez kabul edildikten sonra, oranın onurunu yok edecek bir çocuk değildir, bunu siz de 3 ay içinde kesinlikle fark edeceksiniz.

Bu sözler, onu dinleyen benim şok geçirmeme neden oldu; bu, bunu söyleyen öğretmenin de midesini kaldırmıştır. Her halükarda babamın haklı olduğunu kanıtlamak için çok çalışacağım. Köydeki çocukların beni geçmesine izin vermeyeceğim.

23

ICHIRÔ'DAN ANNESİNE

6 Eylül

Sevgili anneciğim, bugün özür dilemem gerekiyor.

Bu sabah okula giderken, her zaman olduğu gibi Sano ve diğerleriyle yürüyordum. Japonca öğretmenimiz biraz önümüzde yürüyordu. Bilmediğim için, adını sordum. Sano: - Mikron! yanıtını verdi. İyi anlayamamıştım ve tekrarladım: - Ne? Mikron mu? Yüksek sesle söylemiştim. Bay Mikron bana döndü ve kötü bir bakış fırlattı. O ana değin gerçek adının söylendiğini sanıyordum. Oysa çok ufak tefek olduğu için bu adı takmışlar... Öğretmen çok duyarlıymış ve kendisine Mikron denmesinden nefret ediyormuş. Ben bunları hiç bilmiyordum. Sınıfta yoklama yapılırken, buraya gönderilen öğrencilere sıra gelince, önce: - Şimdi "Ekleme", dedi. Ardından adları okudu ve daha sonra: - Yeni gelenler arasında yalnızca çıban başları var, diyerek benim oturduğum tarafa baktı. Bu sabah olanlar yüreğine oturmuş olmalıydı.

Öğretmen bu tür şeyler söylediğinden arkadaşlar beni "Ekleme! Ekleme!" diye çağırmaya başladı. Bu beni kızdırdı. Bugün eve tek başıma döndüm. Yarın Mikron'un bana yine çok kötü gözle bakacağını düşünerek canım sıkıldı. İşin daha da kötüsü, buraya çok yakın bir yerde, Belediye Meclis Başkanı'nın evinde oturuyor ve bu nedenle başının ağrımasından korkuyorum. Bu olursa şimdiden özür diliyorum: Gerçekten bilerek yapmadım. Birileri benden "furyô"ymuşum gibi söz ederse inanmayacaksın değil mi anneciğim? Lütfen.

ANNESİNDEN ICHIRÔ'YA

Bana Mikron'dan söz edeli bir hafta geçti sanırım. Kendi kendine sana neden yanıt vermediğimi sormuşsundur. Tavrından bunu düşündüğünü anlıyordum. Buna rağmen fark etmemiş gibi davrandıysam, bir şeyler umduğum içindi: Bu olayın kendi kendine çözümlenmesini bekliyordum. Dolayısıyla suskunluğu koruyarak seni izlemeyi sürdürdüm: İki üç gün sıkılır, sonra yeniden neşene kavuşurdun, zaman her şeyi çözümlerdi. İstediğim buydu. Oysa, neşen geri gelmediği gibi, dün liseye gitmek için ayak sürüyor gibiydin, bunun sonucunda Mikron'u gidip görmeye karar verdim.

O, başkanın değil yörenin para babalarından birinin evinde oturuyor; bu daha büyük şansızlık olabilirdi. Az önce burada değildim: Çünkü doğrudan doğruya oraya gitmiştim. Başlangıçta Mikron öğretmen oldukça huysuzdu, ama bir süre iyice yumuşadı. Japonca öğretiyor değil mi? Edebiyatla çok ilgili bir delikanlı ve kitaplardan söz edildiği zaman tutku dolu oluyor. Benimle hemen hemen yaşıt olmalı. İyi anlaştık, o denli ki, gitmek isterken daha kalmam için ısrar ederek biraz canımı sıktı.

Bir başka şey daha: O-tsukemono[1] yapmak. Ben bu konuda sıfırken, o bu işin ustası! İşini iyi biliyor; onları nasıl ekonomik bir şekilde yapabildiğini görerek şaşırdım.

Giderken ona dedim ki:

1. Yemek sonunda sunulan ve Japonlar için, çay, pirinç kadar vazgeçilmez olan bir tür turşu.

- Sizi görmeye daha önce gelmeliydim, ama doğrusunu söylemek gerekirse adınızı bile bilmiyordum ve öğrenecek kimseyi de tanımıyordum. Oğlum bile, başlangıçta, size takılan adın, gerçek adınız olduğuna inandığını söyledi ve canım çok sıkıldı. Kötülük bilmeyen bir çocuktur, istemeden size saygısızlık etmiş olabilir : Ona iyi şeyler öğütlerseniz çok memnun olurum.

Senin hakkında tüm söylediğim buydu, ama o, hemen anlamış gibiydi.

- A, rica ederim! Önemli değil ! Bilirsiniz taşralı öğretmenler olayları bazen kötü tarafından alma eğilimindedirler... Tokyo'dan gelen öğrencilerin onlarla alay etmesinden korkarlar. Ayrıca, yeni gelenler arasında bazen çok kötülerin de olduğu doğru.

İşte böyle. Bay Mikron'un, onu kötülük olsun diye öyle adlandırmadığını artık bildiğine eminim: Dolayısıyla, pazartesi günü gönül rahatlığıyla okula gidebilirsin.

Haydi, iyi akşamlar. Aslında epeydir yatmış olman gerekirdi.

24

ICHIRÔ'DAN ANNESİNE

23 Eylül

Anneciğim, Mikron, insanda neredeyse korku uyandıracak kadar keyifliydi. Senin sayende okula kafam rahat gidebileceğim.

25

ICHIRÔ'DAN ANNESİNE

23 Eylül

Başta ben önerdiğim halde uzun zamandır mektup yazmadım.

Belki de bu, lisedeki yaşamın beni geçmişteki yaşamdan daha çok ilgilendirdiği içindir. Yolunda gitmeyen bir şeyler olduğu zaman sana hemen yazıyorum, ama şu sıralar sıkıntım yok. Bir de gün boyu daha çok konuşma fırsatım olduğu için, yazma ihtiyacı kendini o denli hissettirmiyor. Yazmadığım zaman yaşamımın sakin olduğunu düşün.

Sonunda Suwa lisesindeki yaşama alıştım. Tokyo'dayken arkadaşlarımın manavın oğlu, kundura tamircisinin oğlu olmasına alışık değildim. Bu nedenle, ilk başlarda bu bana tuhaf geliyor, hoşuma da pek gitmiyordu, ama şimdi beni hiç etkilemiyor. Derslerine iyi çalışanlar, babalarının toplumsal konumu hiç göz önünde bulundurulmadan iyi not alıyor ve belki bu daha iyi. Bir de arkadaşların evine gittiğimde, beni şaşırtan: köyde, liseye gitmenin gururlanılacak değil, kötü bir şey olarak görüldüğü! Tokyo'da, insan iyi bir okula gittiği zaman çok gururlanıyor değil mi? En azından bizim evde böyle. Oysa burada öyle değil. Balıkçının oğlu, önce, dükkana yardım etmek zorunda. Çiftçinin oğlu önce gidip tarlada çalışmak zorunda. Okula gitmek evde önemsiz bir iş ve aile bireylerine daha çok yük getiriyor. Bu nedenle, rahat bir yaşam sürülmüyor. Sen her zaman, bir arkadaşa gitmeye söz verildiği zaman, bu sözü yerine getirmek gerektiğini söylersin. Ama burada, evde bir iş olduğu zaman, verilen söz yerine getirilmiyor, olup bitiyor. Karşıdaki kızmadığı gibi bunu çok doğal karşılıyor, çünkü evin işi daha önemlidir. Tokyo'da yaşama tarzımı olağan gibi görüyordum, burada kendimi ayrıcalıklı hissediyorum. Sano odun aramak için yarın dağa çıkmak zorunda. Benim bunu yapmaya ihtiyacım yok, evde oturup istediğim kitapları okumaktan başka yapacak işim yok, üstelik sana azıcık yardım çtsem bana teşekkür ediyorsun. Kısacası, buradakilerin olağan iş olarak yaptıklarını yapacak olsam, benim iyi bir çocuk olduğumu söylüyorsunuz. Ne kadar şanslıyım! Bununla birlikte, başka evlerde diğerlerinin, çocuklarının yardımıyla yaptıklarını burada tek başına yapan sen değil misin? Durum böyleyse, elimden geldiğince yardım etmek isterim. Ne olur yapabileceklerimi bana söyle.

Babam hep kitaplarına gömülü, yaşlı Bayan Aikawa üstünkörü iş yapıyor, bana öyle geliyor ki bütün işi yapan sensin; öteki evlerde herkesin üstüne düşen bir görevi var.

26

ICHIRÔ'DAN ANNESİNE

2 Ekim

Sevgili anneciğim, bugün yiyecek bulmak için ne sıkıntı çekmişsindir. Yamaura'ya kadar gittin mi? Pazar çantan alabildiğine doluydu. Nasıl taşıyabildin?

Okulda, öğretmen sık sık, fiyatların arttığını, çünkü göç edenlerin karaborsadan alış veriş ettiğini söylüyor : Bunu söylediği her seferde herkes bana bakıyormuş gibi geliyor.

Oysa, gerekeni almazsan evde ne yeriz? Bunu Miyamoto'ya söyledim. Onun ve diğer arkadaşların Yamaura'da akrabaları var; ihtiyaç duydukları her şeyi getirtiyorlar. İnsanın, bir şeyleri getirtemiyorsa, onu satın almasında ne kötülük var.

Hepsi bu kadar değil. Göç edenlerden söz edildiği zaman

hemen arkasından kötü sözler söyleniyor. Dersini iyi çalışmamış bir öğrenci olduğu zaman öğretmen:

- Bu, göçmenlerden biri olmalı ! diyerek başlıyor. Ama geçen gün, yalnız ben 100 aldığımda hiçbir şey söylemedi. Yalnızca kötü şeyler için:

- Göçmen! göçmen! deniyor.

Anneciğim, senin bu kadar ağır bir çantayı taşıdığına kesinlikle fark eden biri olmuştur. Yarın büyük olasılıkla:

- Annen dün karaborsaya gitti, diyeceklerdir! Ama ben aldırmayacağım. Senin sırtında bu kadar ağır bir yükle böyle soluk soluğa geldiğini gördüğümde, ne yapayım istiyorsun?

Hangi yoldan geldin? Miyako-za sinemasının önünden geçerek mi? Orada can sıkıcı biri var, lütfen, elinden geldiğince başka bir yoldan gitmeye çalış. Senden böyle isteklerde bulunduğum için beni bağışla.

Yine de, kendime, bizim evde yiyecek almaya neden bir tek senin gittiğini sorup duruyorum. Bu ağır çuvalı en azından sırayla taşımanız için babam da seninle gelemez mi? İzin verirsen ben de seninle gelirim. Arkadaşların söyleyeceklerine hiç aldırmıyorum.

Mektubum karışık ve sana neler anlattığımı pek fazla bilmiyorum. Karaborsa hakkında ne düşündüğümden kendim bile emin değilim. Evdeyken bunun gerekli olduğunu çok iyi anlıyorum ve arkadaşlarımın okulda söylediklerine gülüp geçebiliyorum, ama oraya gittiğimde ve benimle dalga geçmeye başladıklarında yeniden, oraya hiç gitmemeyi istiyorum. Beni daha da çileden çıkartan, babamın hiçbir işle ilgilenmeden her şeyi oluruna bıraktığını görmem.

Bizim gibi göçmen olan Arishima'yla Wakailer'de köyde yiyecek almaya gitmek hiç sorun olmadan, fırsatları yakalamak için işin üstesinden gelen babaları oluyor. Babam biraz parmağını kıpırdatacak olsa sen daha az zahmet çekerdin. Anneciğim, söyle bana, bunu benim tarafımdan babama söyleyebilir misin?

Sen gerçekten aşırı iyisin. Bütün zahmeti tek başına çeken sen değil misin?

27

ICHIRÔ'DAN ANNESİNE

8 Ekim

Anneciğim, artık bana hiç yanıt vermiyorsun. Bunun, çok meşgul olduğun için böyle olduğunu sanıyorum, ama yokluğunu hissediyorum. Ne olur, birkaç kelime de olsa yaz bana.

Ne var ki, ben sana yazdığımda, hep hoş olmayan konular üzerine oluyor ve bundan biraz utanıyorum. Bana kızmayacağını dilerim.

Anneciğim yaşlı Bayan Aikawa'nın neden bizde kaldığını söyler misin? O, çocuklarının ve torunlarının nefretini kazanmış yaşlı bir kadın değil mi? Onunla neden biz ilgilenmek zorunda kalıyoruz? O, bütün zamanını yakınmakla geçiriyor. Sen bir balkabağını topraktan çıkarabilmek için bir sürü sıkıntı çekiyorsun, oysa o iğrenç olduğunu söyleyerek homurdanıyor. Kibritlerin artık yanmadığını, böyle bir inin olamayacağını söylüyor; bunlar hiç sonu gelmeyecek yakınmalar. Onu duymak bile beni sinir ediyor. Üstelik, kendisinin sandaletleri olduğu halde ille de başkasınınkileri giyiyor. Biz onunkileri giyme talihsizliğine uğrarsak, tantanasının sonu gelmiyor. Bu çekilmez değil mi?

Dün ona, midyelerin yaşlı insanlar için iyi olmadığını ve yememesi gerektiğini söyledin: Bunun ardından o, senin cimri olduğunu, ona midye vermemek istediğini söyleyip durdu.

Anneciğim, yalvarırım ona evine dönmesini söyle. Biz her şeyden yoksunken böyle bir insanı alıkoymak yaşamı daha da zorlaştırmaktan başka bir işe yaramıyor. Hiç olmazsa sana gönül borcu duysaydı, ama seninle ilgili hoşa gitmeyen işlerden başkasını yaptığı yok. Sen iyi huylu olduğun için, bir olasılıkla bunları fark etmiyorsundur. Sen söyleyemiyorsan, babam pek ala bunu üstlenebilir.

Bu kez, lütfen, bana cevap ver.

ANNESİNDEN ICHIRÔ'YA

10 Ekim

Sana cevap yazmak istiyordum, ama cevabımı günden güne erteledim. Bugün yazmaya karar verdim. Bir de, yeniden kaleme almam gereken bir sürü makale yüzünden zamanım yoktu. Ama çocuklarımla ilgili olan iş, her işin başında gelmeliydi.

Madde bir, yiyecek konusu:

Oraya benim gitmemin hoşuna gitmediğini çok iyi biliyorum. Bana kalsa seve seve vazgeçerdim.

Biliyorsun şimdi iki şık var: Ya bize verilen azıcık tayınla yetinmek, ya da daha iyi beslenebilmek için bütün olanakları kullanarak yiyecek bulmaya çalışmak.

Artık, bir çocuk olmayan senin birinci yöntemi seçeceğini ve buna saygı göstermemizi isteyeceğini sanıyorum. Seni çok iyi anlıyorum.

Ne var ki, alınan tayınla, uygun bir şekilde beslenilemez, hatta beslenebilmenin kesinlikle olanaksız olduğunu söyleyeceğim, kaldı ki burada tayın, Tokyo'dakinden daha zor alınıyor. Belki bizler yeni gelenler olduğumuz için. Nedeni bu olmasa da, her halde köyde akrabalardan ya da tanıdıklardan erzak bulmak daha kolay olduğu için tayın, bu yörede Tokyo'dakinden daha kötü. Ama bu olanaksız olduğu zaman, elimizdeki tüm olanaklarla kendi erzakımızı kendimiz bulmak zorunda kalmıyor muyuz? Baban, bunun gibi bir savaşta ölmek kadar saçma bir iş olmadığını söylüyor. Bundan ne demek istediğini pek anlamıyorum, ama her koşulda, savaşın, sizin gibi çocukların yaşamını yitirmesinden başka işe yaramayacağını ve sizi ne pahasına olursa olsun hayatta tutmak gerektiğini düşünüyorum. Yaşıyorsanız, ilkin, sağlıklı olmanız gerek. Bunu anlıyor musun?

Dolayısıyla, acıyı bal eyle ve kabullen. Alışverişimi göze batmadan yapmaya ve arkadaşlarının evinin önünden geçmemeye dikkat edeceğim.

Dikkat çekmemek için, bir seferde fazla şey almamaya çalışıyordum, ama geçen gün beni başka insanlarla da tanıştırmak istediler ve evden eve götürdüler. Bana verilen hediyeleri geri çeviremedim, bu yüzden yüküm kocaman oldu. 15 kilodan fazla pirincim, üç balkabağım vardı. Otobüse bindiğimde, yükün çok büyük görünmemesi için dik durmaya çalıştım, ama çok zordu. Yeniden dik durmaya çalışıyordum, ağırlık beni arkaya çekiyordu. Bundan böyle, her defasında yalnızca bir çiftliğe gideceğim.

Şimdi gelelim ihtiyaç maddelerinin alışverişini babana yaptırmaya. Eskiden, alışverişi babanın yapmaması biraz canımı sıkıyordu, ama şimdi yapılacak bir şeyin olmadığını düşünüyorum. Baban insanların karşısında eğilmekten nefret eder. Bu nedenle ondan bu tür bir hizmet beklemek hiç işe yaramaz. Onu gitmeye zorlasaydım, eli boş dönerdi. Anlıyorsun ya, bu koşullarda, onu tiksineceği bir iş yapmaya zorlamak gerçekten zahmete değmezdi. Taşıma masrafındansa hiç söz etmeyelim! Üstelik, ben düş kırıklığına uğradığım zaman, bu, benim suratımdan pek okunmuyor. Bu durum yalnızca sıkıntı yaratıyor, ben de bunların hiçbirini babandan istememeyi yeğliyorum.

Babanın bunları yapmaması, işten kaçtığı için değil, yapısı böyle olduğu için. O, tayın almaya *gidemeyen* bir adam, yapılacak bir şey yok.

Doğrusunu söylemek gerekirse, benim için gerçekten zor geçen zamanlar oldu; bir şeyler elde edebilmek için köylülere uzun uzun yalvardıktan sonra eve döndüğümde, dinlenecek zamanım bile olmadı. Ama köylüler burnu büyük davrandığı zaman, onların önünde eğilirken, kendi kendime, bu işi çocuklarıma yaptırmak istemediğimi, kesinlikle yaptırmayacağımı söyledim. Önlerinde bir gelecek uzanan çocuklardan bu alçalmayı kesinlikle isteyemem. Babandan da. Bunu düşündüğümden bu yana, yiyecek bulmaya gitmediği için ona kızamaz oldum. Beş çocuğum olduğunu düşünmekten başka yapacağım bir şey yoktu.

Gelelim yaşlı, Bayan Aikawa'ya. Kısa keseceğim, çünkü mektubum şimdiden çok uzadı. Onun her dakika yakındığını çok iyi biliyorum. Ama, onun için elimden geleni yaptığıma göre, yapabileceğim bir şey yok. Onu getirdim, çünkü çocuklarının ve torunlarının sabrı kalmamıştı ve ona acıyordum. Bunu anlamıyorsa yakınacak olan ben değilim, odur. Biraz daha sabret. Şimdi işe koyulmam gerekiyor, mektuba son veriyorum.

Tokyolular, mektuplara cevap vermiyorlar. Belki de işleri başından aşkın. İnsan, karantinada olduğu duygusuna kapılıyor.

28

ICHIRÔ'DAN ANNESİNE

25 Ekim

Anneciğim, gelmeni boş yere bekledim ve sen gelmeden önce yatıyorum. Bugün don yaptığını biliyor musun? Okul tepede olduğundan, buradan daha önce don oldu. İnsan Ekim ayında bu soğuğu görünce, kışın nasıl geçeceğini merak ediyor.

Bugün okulda, kışın paten kayacağımızı söylediler. Bizim patenimiz yok ne yapalım? Ötekilerin var galiba. Ayağa geçirilen patenlerin en iyisi olduğu söyleniyor. Söylendiğine göre, onlardan bulunabilirmiş, ama oldukça pahalıymış. Öğretmenin bizi kayak yapmaya götürebileceği de söyleniyor. O zaman özel ayakkabılara ihtiyacım olacak. Anneciğim, bunları alabilir miyiz? Bunun için bizde yeterince para var mı? Babam bir kez de Okaya'ya gitmiş ve 50 Yen almıştı. Bize bütün kazandığının bu olduğunu söylemişti. Geçinmek için bu paranın yeterli olduğuna inanıyor musun? Sen söyledin, ama bu beni kaygılandırıyor. Geçen gün gecenin ortasında uyandım. Makale yazıyordun. Bunu gördüğümden bu yana korkunç kaygılıyım. Yoksul insanlardan söz edildiği zaman, onların, gece çalışmak zorunda oldukları söylenir. Biz de bu durumdaysak babam neden hiç umursamadan bütün gününü okumakla geçiriyor? Hiçbir şey anlamıyorum. Belki de bu, çocukların sormaması gereken bir soru, ama artık ben lise öğrencisiyim; istersen bana neler olup bittiğini söyle.

ANNESİNDEN ICHIRÔ'YA

Bu sıralarda cevap verilmesi çok zor, karışık sorular sormaktan başka bir iş yapmıyorsun.

Senin de söylediğin gibi, artık bir lise öğrencisisin, dolayısıyla, sana doğruyu söylemek istiyorum. Hala anlamadığın şeyler var ve bu nedenle bu gerçeği, senin anlayabileceğin ölçüde anlatmaya çalışacağım. Zamanından önce yetişkin bir insan olman gereksiz.

Evin parası konusuna gelince, şu anda yaptığımız gibi, dikkatli harcarsak, şimdilik korkmaya gerek yok. Asıl sorun: Savaş ne zaman bitecek? Uzun sürerse sıkıntıya düşeriz. Ama gelecek yıl Shirô büyümüş olacak ve benim de makale yazmak için daha çok zamanım olacak. Savaş şiddetini arttırır da hiç yazamazsam, eh ne yapalım, onu o zaman düşünürüz. Eskiden olduğu gibi yine ders vermeye başlarım. Dolayısıyla, kafamızı bu uzak gelecekle meşgul etmeyelim ve şimdilik, gereksiz masraflardan elimizden geldiğince sakınalım. En başta da hastalanmayalım.

Dolayısıyla, kayak ve paten pabuçları konusunda, çok pahalılarsa canım sıkılacak, ama pahalı değillerse kesinlikle çözüm yolu bulacağım.

Sonra, hiç umursamıyor gibi gözüken babandan daha meşgul olduğum için üzülüp duruyorsun. Baban belki hiçbir şeyle ilgilenmiyor gibi gözüküyor, ama aslında bu kayıtsızlık değil. Beni düşündüğün için sana minnettarım, ama bu yüzden baban hakkında kötü düşünmeni istemem.

Babanın nasıl yalnızca oturup kitaplarını okuduğu sorunu, biraz daha büyüyünce anlayacağın bir konu. Onun şimdiki çalışmaları savaş bitince meyvesini verecek.

29

ICHIRÔ'DAN ANNESİNE

20 Ekim

Geçen gün babamın hiçbir şeyle ilgilenmiyor gibi gözüktüğünü, ama aslında böyle olmadığını söyledin. Ne var ki bugünkü olayla, sınırı aştığı kanısındayım.

Odun yarmaktan geldiğinde, babam seni yakacak tayınını almaya gönderdi. Peki o sırada o ne yapıyordu? Yıkanıyordu!

Ben de Shirô'ya bakarken burnumdan soluyordum.

Bir de bunun üstüne, akşam yemeğinde, senin için özellikle bir parça balık bıraktığımda:

- İstemiyor musun? ben yerim! demez mi...

Buna kızdım. O, kendi payını zaten yemişti. Seninse, yemeğin başından beri payın yoktu. Bu nedenle senin de payın olsun istedim ve benimkini sana ayırdım.

Bu kadarı gerçekten fazla! Demek babam seni hiç düşünmüyor.

Ama yine de, evvelki gün, ben seninle konuşurken, canını sıkmamamı ve gidip yatmamı söyledi.

Anlayamıyorum, sen yalnızca babamın değilsin ki, bizim de annemizsin.

Böyle bir babayla nasıl evlenebildin?

ANNESİNDEN ICHIRÔ'YA

22 Ekim

Balığını benim için bıraktığını öğrenmek hoşuma gitti. Yalnızca, bunu düşünmen bile yeter!

Ben de onun senin yemeni yeğlerdim, çünkü senin büyümen gerek: Gıdaya senin benden çok ihtiyacın var. Balığı baban yediyse, bunu kesinlikle dalgınlıkla yapmıştır. Araştırmacıların kafaları meşgul olunca, burunlarının dibindekileri bile fark etmez olurlar.

Buna benim de zaman zaman çok sıkıldığım olmuştur.

Yine de o sırada aklına iyi fikirler geliyorsa, bunu kabullenmek gerekir. Babanın kötü bir niyeti olmadığı kesin, onu bağışlamak gerekir.

Odun yarmanın hemen ardından dağıtıma gitmek zorunda kaldığımda, bunu göğüsleyemeyeceğimi sandım. Ama dağıtımda, benim gibi ormanda olan başka insanlar da vardı. Babanın, onu her gün meşgul eden masa başı işi varsa, dağıtıma gelmemesi doğal karşılanır değil mi? Üstelik, bu yakacak dağıtımı bazen eve göre, bazen de aile üyeleri sayısına göre yapılıyor ve can sıkan insanlara daha az veriliyor. Evdeki hesabı çarşıya uydurmak için bir sürü hesap yapmak gerekiyor. Babandan bütün bunları yapmasını istemek fazla olur.

Bu sırada o, hiçbir işle ilgilenmeden rahat rahat yıkandığı için sen öfkeden ne yapacağını bilemiyordun, ama erkeklerin fazla işe karışmaması iyidir. Sen de küçük ayrıntıları fazla dert etme. Belki anlamayacak kadar büyük değilsin, ama dünyada seninki kadar iyi baba fazla yok.

30

ICHIRÔ'DAN ANNESİNE

Sevgili anneciğim, bu mektubu hemen okumamanı rica ederek yazıyorum.

Yarın odun toplamaya gideceğimi söylemiştim. Herhalde sen bütün lise olarak gideceğimizi sandın, doğrusunu söylemek gerekirse öyle değil. Satakè, Wakai ve ben, üçümüz gideceğiz. Satakè, ev için odun kırıklarını toplamaya gideceğini söylediğinden Wakai'yla ben de gitmeye karar verdik.

Sana bütün bunları anlatsaydım, kesinlikle, kendimi fazla yormamamı söylerdin, ama ben çocuk değilim artık, evin ihtiyaçlarına yardım etmek istiyorum.

Hiç rahat bir pazar günün yok. Arada bir, pazar günleri evin işlerini görebilirim. Kaç bağ odun kırığı getirebileceğimi bilmiyorum, ama akşam yemeğini pişirmeye yarasın istiyorum. Bunu düşünürken bile memnun oluyorum!

İyi akşamlar anneciğim !

Yarın geldiğimde, yüzünde: "Yine sana gerek olmayan bir işe karıştın " diyen bir ifade olmasın.

31

ICHIRÔ'DAN ANNESİNE

2 Kasım

Anneciğim, bugün çok konuştuğumuz bir konu, ama sana yeniden yazmaktan kendimi alamıyorum.

Tokyo'nun bombardıman edilmesi başlı başına bir olay! Buraya sığınmakla iyi ettik. Kendi kendime, benimle o kadar alay edenlerin şimdi ne yapacaklarını soruyorum. Özellikle Bay Kawada'nın halini görmek isterdim. Sana söyleyecek olsaydım beni azarlardın, ama haberi öğrendiğimde aklıma ilk gelen, onun nasıl baş edeceğiydi! Bütün bunları unuttuğumu sanıyordum, ama sanki içime işlemiş. Ben, senin gibi, Tokyo'da kalan bütün insanlar için üzülemiyorum. Tam tersine, bizimle alay eden insanlardan, Oiso amcadan ve bütün diğerlerinden birileri öcümüzü almışçasına seviniyorum, çünkü biz orada doğduk.

Savaş daha da şiddetlenecek, sen öyle düşünmüyor musun?

Suwa lisesine alıştıysam da Tokyo'ya dönme şansımızın git gide azaldığı düşüncesi beni üzüyor.

Japonya'nın geleceği için ne kadar önemli olursa olsun, savaşı sevmiyorum.

32

ICHIRÔ'DAN ANNESİNE

18 Aralık

Geçen gün erzak alma konusunda bir alay laf söylediğim için beni bağışla. Bugün orada olduktan sonra bunun ne kadar zor olduğunu anladım. Arkadaşlarımın söyleyebilecekleriyle hiç ilgilenmemeni rica ediyorum! Miyako-za sinemasının önünden geçmense benim için hiç fark etmiyor.

Bugün, senin yerine gitmekten çok mutluydum, ama köylüleri öyle saldırgan buldum ki şaşırdım kaldım. Seni tanıdıkları halde böyle olurlarsa ilk kez gidenlere neler yapmazlar! Bu kıçı boklulara yalvarma düşüncesiyle bile hâlâ kan beynime çıkıyor. Üstelik parasını ödemesek canım yanmazdı, ama alınanlar baş döndürücü fiyatlarla alınıyor...

Az daha karşı koyacaktım, ama senin yeni çiftlik bulmak için dört bir yana koşturmak zorunda kalacağını düşünerek kendimi tuttum. Haydi beni geç, ama senin böyle insanlar karşısında eğildiğini düşündüğüm zaman hırsımdan ağlamak istedim.

Açlığın ne demek olduğunu biliyorum, ama boş mideyle gezmeyi yeğlerim! Yakınmayacağım.

Anneciğim, bu insanlardan bir şeyler istememeye çalış, hiç olmazsa bir kez az iste.

Bana: –fiyatı iyi ha! dediler. Kendini beğenmişler, lütfeder gibi davranıyorlar ve yalnızca kabak ve patates veriyorlar! Daha sonra da bunu bisikletin üstüne koyup, yöre insanlarının kötü bakışları altında getirmek gerekiyor.

Aslında öylesine aptalca ki bunun için ağlamaya bile değmez.

Canımı en çok sıkan, selenin arkasındaki yükün beni sağa sola devirmek tehlikesiyle karşı karşıya bırakmasıydı: Küçük köprüden geçerken yüzüyordum. Herhalde güzel bir görünüşün vardı!

Bugün bana çok şeyler öğretti. Aynı anda beni öfkeye boğdu, içimden ağlamak geldi, ama şimdi bir kez de olsa senin yükünü paylaşabilmekten mutluyum.

Böyle çektiğin zahmeti düşündüğüm zaman kendi kendime, ben en iyi çocuk olabilirim dedim. Hayır! Olmalıyım. Belki birden başaramam, ama, yavaş yavaş kesinlikle buna ulaşacağım.

Bugün biraz büyümüş olan Ichirô'n

33

ICHIRÔ'DAN ANNESİNE

1 Ocak 1945

Sevgili anneciğim, uzun zamandır bu kadar erken yatmamıştın. Biraz dinlendiğini görmekten çok mutlu oldum.

Bu yılbaşı ne kadar sakin! Bu, savaş halindeki bir ülkenin yeni yılı mı? Ne kadar mutlu! Bununla birlikte, cephedeki askerler açısından üzülmekten kendimi alamıyorum. Biz, hepimiz Japon'uz. Onların yazgısı ne çetin! Oradakilerin hepsi oraya kendi isteğiyle gitmedi. Bizim yaşımız biraz daha küçük olduğu için bu kadar rahat yaşamamız bana hakça görünmüyor. Biz de yaşımıza uygun bir şekilde yararlı olamaz mıyız? Cephe gerisinde savunmadan söz ediliyor, ama bunun için yaşlılar yeterli. Böyle eli kolu bağlı, savaşın bitmesini beklemek iğrenç. Ve üstelik, babamın söylediği gibi, işler gitgide kötüye sarıyor.

Bize "devamını getirmek için adamlar gerek; iyice büyüdüğünüz zaman bütün gücünüzle çalışacaksınız!" demeni çok iyi anlıyorum.

Anlıyorum, ama bekleyemeyeceğim gibi geliyor. Söylediğin doğru. Ama bu arada savaşın biteceğine ilişkin içten içe umudun yok mu? Çocuklarını sağ ve esen koruma umudu ?

Seni çok çok seviyorum. Böyle düşüncelerinin bir anne açısından çok olağan olduğunu düşünüyorum, özellikle senin gibi çocuklarını bu kadar çok seven bir anne açısından.

Bana gelince, ben bunları yine de onaylayamıyorum. Senin düşüncelerine karşı çıkmak kötü görünebilir, ama beni bağışla.

Bu sabah, okulda bayrak töreni sırasında donmuş toprağın ayaklarımın ısısıyla yavaş yavaş yumuşadığını hissettim, Fuzoku'da yazın bile çorap giyerdim. Bir yıl önce böylesi soğuklarda çıplak ayakla kalabileceğimi aklımdan bile geçiremezdim. Şimdi buna dayanabilmem ilginç değil mi!

Bu Yeni Yıl gerçekten çok tuhaf. Bu ilk bakışta olağanüstü hiçbir olayın geçmediği sakin bir yıl gibi, ama kafam bütün sakinliğini yitirdi. Ne yapacağımı kendim bile bilemiyorum.

Sayende böyle güzel bir yeni yıl geçirmemiz sağlandığı sırada, neden sana bu tür şeyler yazıyorum? Tokyo'dakiler mochi bulamamaktan yakınıyor ya da bir sonraki bombardımanın bekleyişiyle tir tir titriyor olmalılar. Yüreğim onlara acıma duygusuyla doluyor. İyi akşamlar anneciğim, ilk düşün güzel olsun [1]!

1 İnanışa göre, yılbaşı gecesi görülen rüya insanın yazgısını gösterirmiş.

34

ICHIRÔ'DAN ANNESİNE

17 Ocak

Anne, bugün ne oldu? Eve döndüğümde benimle çok az konuştun, sana bir şeyler anlatmak istediğimde de ters cevaplar veriyordun. Her zamanki gibi davranmıyordun. Babam her zamanki gibi okuyordu, ama o da bana farklı geldi. Akşam yemeğindeyse ne sen, ne de babam ağzını açtı.

Anneciğim, babamla kavga mı ettiniz? Hatalı olan kesinlikle odur. Sen hiçbir şey söylemeden her şeye dayanıyorsun. Herkesin hatalarına dayandığını görmek beni kızdırıyor. Yalnızca babamın değil, ama yaşlı Bayan Aikawa'nın, Kinji'nin, hatta Bay Momosè'nin. Neden biraz karşı çıkmıyorsun?

Yarın cebir sınavım var ve biraz geç kalkmayı düşünüyorum. Mümkünse bu akşam bana olanları anlat olur mu?

ANNESİNDEN ICHIRÔ'YA

Babanla kavga etmedim.

Hiç üzülme dersini çalış. Ne olduğunu yarın boş bir zamanda anlatırım. Sen çalış, çalış. Annenle babana teşekkür etmenin en iyi yolu budur.

ANNESİNDEN ICHIRÔ'YA

18 Ocak

Kendi kendine kurarak çok kaygılandığın için dün neler olduğunu söyleyeceğim.

Öğlene doğru, eve bir sivil polis geldi. Sivil polis yıkıcı düşüncelerin bastırılmasıyla ilgilenen polistir. Bu polis ilk kez gelmiyordu ve onun gelişi beni o kadar şaşırtmadı, ama dün soruları soruş tarzı özellikle sertti. Baban kötü bir şey yapmamıştı, ama polisin gözünde öyleydi, çünkü bir "liberal" olduğu sanılıyordu.

Bunu nereden araştırdıklarını bilmiyorum, ama söylediklerine göre, öğretmenlerin öğrettikleri kötü olduğundan, üniversiteden mezun askerlerin ahlakı beş para etmezmiş.

Polis ortaya konuştuğunu da sözlerine ekledi; bu söylediklerinin babanla hiçbir ilgisi yokmuş, ama ben kendi kendime, onun çok fazla konuşmuş olmaktan korkarak lafı çevirmeye çalışıp çalışmadığını soruyorum.

Polis, babanın dün nereye gittiğini, yakın Grup üyeleriyle sık sık konuşup konuşmadığını, orada sözlerinin dinlenip dinlenmediğini sordu; babanın önemli biri olduğunu sanıyor gibiydi.

Sana her zaman babanın hiç kaygısı olmadığının doğru olmadığını söylemiyor muydum? Baban Grup toplantılarına katılmıyorsa ve dağıtımlara gitmiyorsa, sanıyorum bir yandan bunu sevmediği ve orada nasıl davranmasını bilmediği, öte yandan da dünkü gibi sıkıntıları olduğu içindir. Bu haliyle baban, kendisine günümüzdeki durumu nasıl değerlendirdiği sorulsa düşüncesini söyleyecektir ve bunun ona hiçbir yararı olmayacağı çok açıktır.

Yine de, böyle devam ederse, babanın er ya da geç bir gün herhangi bir gerekçeyle emniyete çağrılacağı kesindir. Dün bunu düşünüyorduk. Bu olasılık çok yakın olmasa bile askere çağrılma olasılığı var.

Dün her zamanki gibi Suwa istasyonundan yolcu etmeye gittiğimiz askerler arasında, kırk yaşından daha büyük iki adam gördüm. Şaşırdım, çünkü bu doğrudan doğruya beni hedef alıyordu. Genç askerlerin geçtiğini görerek ağladığımda bana ettiğin sitemleri hatırlıyor musun? Gözyaşı dökebilmenin henüz acının en derinine ulaşılmadığı anlamına gelip gelmediği kendime soruyordum. Bu kadını, etrafında dört çocuk, beşincisi sırtında bir halde kırkını geçmiş adamla son konuşmaları yaparken gördüğümde yüreğim öyle sıkıştı ki, gözümden bir damla yaş bile akmadı. Kendi kendime, bu, gelecekte benim de oluşturacağım bir manzara dedim. Bu nedenle dün altüst olmuştum. Ama bitti. Elden hiçbir şey gelmez. Ne olacaksa olur. Şimdilik yaşadığımız andan başkasını düşünmeyelim.

Bu tür sözcükleri duymanın seni üzeceğinden korkuyorum. Üzülmeyeceksin değil mi? Çünkü sen annenden daha cesursun.

İşte olup biten buydu.

Her ikimiz de sağlığımıza dikkat edelim.

Ve kim için olursa olsun bundan daha önemli bir konu yoktur.

35

ICHIRÔ'DAN ANNESİNE

18 Ocak

Anneciğim, mektubunu okuduktan sonra sana ne söyleyeceğimi bilemiyorum. Babamın neden dışarı fazla çıkmadığını şimdi anlıyorum. Büyük insanların dünyası amma da zor!

Babamın savaşa gidebileceğini sanıyor musun ?

Kırk yaşını geçtiğinden, üstelik de C sınıfı'ndan olduğundan babamın askere alınmayacağına eminim. Mektubunu okuduğumda, birden endişelendim. Sağlığı iyi değil, çağrılırsa bir ay bile dayanamaz. Hala yüzbaşı olsaydı neyse, ama er olarak kesinlikle olanaksız.

Geçen gün, babamın savaş için çabaya katılmamasından hoşnutsuzluk duydum, ama onun gidebileceği düşüncesiyle bütün bunlar bilmem nereye uçtu. Yoksa kişiliğim henüz yeterince gelişmedi mi?

Her şeye rağmen, bana, insanın yüreğinde mantıkla çözümleyemeyeceği yanlar var gibi geliyor. Böyle göründüğüm zaman, kendimi çok kötü hissediyorum. Ölmek ve gitmek zorunda olan ben olsaydım, bu beni fazla etkilemezdi, ama babamın gideceği ve benim, senin öldürülmek için kalacağımız düşüncesine dayanamıyorum.

İçtenlikle söyle, babam gittikten sonra yaşamaya devam edebileceğini hissedebiliyor musun? Söz konusu sen olduğuna göre son ana kadar hiç yakınmadan her şeye dayanacağına eminim ama sen olmadığın zaman çocukların ne yapacak ? Beni azarlayacaksın ama bu olursa seninle birlikte ölmeye karar verdim.

Anneciğim, babamın savaşa gitmesi ne ölçüde olası? Pis belediye başkanı, Momosè Baba ve diğerleri gibi ondan önce gitmesi gereken birçok insan var.

Tefrika romanım çok acıklı oldu. Bu bir düşse beni uyandırmanın tam zamanı!

36

ICHIRÔ'DAN ANNESİNE

Anneciğim patenler için teşekkürler!

İsteyeli çok uzun zaman geçtiği ve sen de hiç söz etmediğin için patenimin olmayacağını sanıyordum. Dün öylesine mutluydum ki, ilkokulda gezi öncesinde olduğu gibi uzun zaman uyuyamadım. Aklıma geldikçe kendi kendime güldüm durdum.

Ne var ki, gözlerimi kapadığımda kendimi buzda hızla kayarken görüyordum ve bu, uyumamı engelliyordu... Ayaklarım kendime rağmen kıpırdıyordu ve gecenin birine kadar uyuyamadım.

Bugün, dersler bitmeyecekmiş gibi geldi. Kırk öğrenciden, paten ayakkabısı olan yalnızca iki üç kişi: diğerleri hepsi "gèta" kullanıyorlar. Her ne kadar, kıskanan birkaç aptal beğenmediyse de arkadaşlarım patenlerime bayıldılar, yeniden eski Ichırô olmuşum gibi geldi.

Ama bütün bu sevinç çok geçmeden uçtu gitti! İlk kez buza çıktığımda onun son derece kaygan olduğunu hissettiğim zaman! Üstelik donmuş su tabakasının arasından dip görünüyordu: çok korkunçtu ve bir adım bile atamadım. Güzel patenlerime rağmen, başkaları dalga geçerek bana bakarken olduğum yerde kalakaldım. Öylesine canım sıkıldı ki!

Ama, gölden ayrıldığımızda şöyle böyle yürümeyi başardım ve bu böyle sürerse çok uzun bir süre geçmeden düzgün bir şekilde kayabileceğimi düşündüm.

Paten kaymayı iyice öğrendiğim zaman beni görmeye geleceğini umarım. Nasıl hızlı koşacağımı göreceksin!

Bugünlük iyi akşamlar!

Yarın, İngilizce sınavı var ama öylesine mutluydum ki...

Suwa'ya geldiğimden bu yana ilk kez bu kadar eğlendim.

37

ICHIRÔ'DAN ANNESİNE

Anneciğim, bir süredir kafamı meşgul edip duruyor ama sana sormaya çekindiğim için hiç bir şey demedim.

Palton nereye gitti? Onu sattığına inanamıyorum, ama birkaç gündür paltosuz, donmuş bir halde çıkıyorsun ve bu beni kaygılandırıyor.

Söyle anneciğim, onu bana patenleri almak için satmadın değil mi? Bu, dün, seni dişleri birbirine vura vura içeriye girdiğini gördüğüm sırada aklıma birden geldi.

Anneciğim bana bütün gerçeği söyle.

ANNESİNDEN ICHIRÔ'YA

Ichirô, gözünden de hiçbir şey kaçmıyor. Kimsenin fark etmemesi için bir sürü önlem almıştım ama işte sen fark ettin !

Belki bu sana acı verecek ama aynen düşündüğün gibi. Sen benden patenleri isteyeli epeyi bir zaman olmuştu ve ben onları çok geçmeden almak istiyordum ama bulamadım. Ertesi gün, lisedeki öğrencilerin göle gideceği zaman geldiği halde ve de sen hiç bir şey söylemediğin için kendimi daha fazla tutamadım. Uzun zamandır paltosunun olmasını isteyen bir kadın olduğundan, onu, ona vermeye karar verdim.

Ama bunun için üzülmemen gerekir. Truvakarım ve mavi paltom var -çocuk bahçesine gittiğin zaman onun eteklerine gizlenmeyi severdin hatırlıyor musun?

Senin sevincini gördüğüm zaman, paltolu olduğumdan daha çok ısındı içim. Seni uzun zamandır bu kadar mutlu görmemiştim. Bu paltoya hiç acımıyorum. Senin yüreğin benim için daha değerli. Dolayısıyla beni seviyorsan bu temiz ve dürüst kalbi hep koru. Bu benim tek ricam. İyice anladın değil mi?

Yeniden coşkuyla kaymaya başla. Çok yakında buzda koştuğunu görmeye kesinlikle geleceğim.

38

ICHIRÔ'DAN ANNESİNE

6 Şubat

Demek öyle anneciğim, benim için yaptıklarını hiç umursamadan bu kadar mutlu göründüğüm için beni affet! Şimdiye değin yalnızca babamın, Kinji'nin ya da küçüklerin sana eziyet ettiğine inanmıştım. Hiç farkına varmaksızın benim de başına bir sürü dert açtığımı görünce dehşete kapıldım. Yaptığımdan artık emin bile olamıyorum. Artık yüreğinden başka güven duyabileceğim bir yer yok.

Çoğu kez kalbimin soylu ve dürüst olduğunu söylüyorsun: Neresi soylu?

Sen yalnızca bir yanını görmüyor musun? Zorla yürüdüğüm donmuş yolda iyice yıpranmış eski giysileri giyerken bunun iyi olmadığını bildiğim halde, eskiden olan iyi zamanları büyük bir acıyla düşünüyorum. Ve evde koliangla[1] karışık pirinci, köylülerdeyse bembeyaz pirinci gördüğüm zaman - bunun çok kötü olduğunu biliyorum ama- onları kıskanmaktan kendimi alamıyorum. Bu duyguyu hemen bastırmaya çalışıyorum. Ama bunu duyduğum bir gerçek.

Anneciğim, seni üzmek istemiyorum, ama kalbimin şimdiden ne kadar açgözlü olduğunu görüyorsun. Savaş yüzünden

1 Koliang: Bir tür Mançurya darısı.

böyle olduğumu düşündüğüm zaman, kendi kendime benliğimde yücelikten geriye kalanları koruyup koruyamayacağımı soruyorum. Neden bilmiyorum ama bu düşünce beni sefilleştiriyor.

Senin zavallı Ichirô'n

39

ICHIRÔ'DAN ANNESİNE

16 Şubat

Suwa'ya geldiğimizden beri işte ilk bombardıman. Uçakları görüp görmediğini bilmiyorum ama biz dağda gizlendiğimizden arkasında uzun beyaz izler bırakarak geçen B-29 'ları çok iyi görebildik.

Onları ilk kez gördüğüm için korkunç bir nesneden çok, güzel bir manzara izlenimine kapıldım.

Ama ülkemizin bu aygıtlarla zarar gördüğünü düşündüğüm zaman (Suwa'ya gelince kötü niyetli insanlarla dolu böyle bir yerin yerle bir olmasını isterdim, en azından biz kaçabilirsek), Tokyo'nun yerle bir edileceğini düşündüğüm zaman yerimde duramıyorum.

Bir zamanlar babamla Shinjuku'da gördüğümüz filmi hatırlıyor musun? Adı "Deneme Pilotu"ydu, "Rakım: 3000! Rakım:3000! Rota: Kuzey! Rota: Kuzey!" filmi gördükten sonra deneme pilotu olmak istediğimi söylemiştim, herkes benimle alay etmişti. Oysa bugün, düşman uçaklarının geçişini seyrederken bu isteği yeniden duydum.

Okuldaki öğrencilerden Naito Askeri Okula, arkadaşlarımın çoğu da Astsubay Okulu'na başvuracak. Buna karşı çıkacağını biliyordum ve bu nedenle şu ana değin bir şey söylemedim, her ne kadar, kabul edilecek kadar sağlıklı olabilememekten korkuyorsam da bu okullardan birine ben de başvurmak isterdim. B-29'lara karşı bambu ok fırlatmak boşuna, bu onlara hiçbir etki yapmaz ! Benim de damarlarımda Japon kanı var!

İlkokul beşteyken yaptığımız müsamereyi hatırlıyor musun? Tartıştıktan sonra, şiir okumama karar verilmişti. Honda'yla arkadaşları düşüncelerine değer verilmediği için hoşnut kalmamışlardı. O zaman öğretmenimiz Bay Hanaoka onlara demişti ki: - Herkesin düşüncesini söylemesi ve bunların tartışılması çok güzel, ama bir kez karar alındığı zaman, gerçek insanlar, fikirleri farklı bile olsa onu uygulamaya koymak için birleşmelidir. Öğretmenin çok haklı olduğunu düşünüyorum.

Gerçeği söylemek gerekirse, babamın daha etkin olmasını isterdim. Ama şimdi, bunun artık bir işe yaramayacağını düşünüyorum. O, olduğu gibi kalsın. Belki de düşüncelerini ne pahasına olursa olsun korumak iyidir.

Ama, bugünün Japonya'sının tüm erkeklerine asker olarak ihtiyacı yok mu? Dolayısıyla, ülkeye en azından babamın yerine hizmet edebilirim.

Beni affedeceksin değil mi, söyle anneciğim?

40

ICHIRÔ'DAN ANNESİNE

6 Mart

Sevgili anneciğim, bir süreden beri bana hiç mektup yazmadın. her gün bu defteri açıyorum ve hiç bir şey bulamıyorum.

Çok meşgul olduğunu biliyorum ve senden çok şey istiyormuş havasına bürünmek istemiyorum ama yine de bana yazmaya çalış. Bu aralar ne yapacağımı bilemez oldum. Beni desteklemek için senin yüreğinden başkası yok. Bana yardım et !

İyi olanı yapmak istiyorum. Bununla birlikte, gerçeğin nerede olduğunun ayırdına varamıyorum.

Öğretmenimiz bu savaşı iyi bir şekilde sonuçlandırabilmemiz için her şeyi adamamız gerektiğini söylüyor. Arkadaşlar da öyle söylüyor. Ama babam bunun tersini söylemiyor mu? Yalnızca babam olsa neyse, ama sen de onun gibi düşünmüyor musun?

Bunu söyleyen yalnızca babam olsaydı dikkate almayabilirdim. Ama sen de aynı düşünüyorsun, o zaman bunun doğru olduğuna inanmak zorunda kalıyorum. Kafamı karıştıran bu.

Anneciğim, bana doğru yolu göster. Rica ediyorum, olayları nasıl yargıladığını tam bir tarafsızlık içinde söyle.

Hiç tereddüt etmeden düşmanla dövüşmeye gidebilenlere gıpta ediyorum.

Ne düşüneceğini bilemeyen Ichirô'n

ANNESİNDEN ICHIRÔ'YA

Sana mektup yazmayan çok kötü bir anneyim, çünkü senin de bildiğin gibi bütün akşamlarım makalelerin redaksiyonuyla alabildiğine dolu.

Senin söylemene ihtiyaç duymadan hissettiklerini fark ettim. Bunun doğal olduğunu sanıyorum, ama aynı zamanda da içten içe sana acıyorum.

Yine de, cevabım şöyle: Altı ay daha bekle. Bu altı ay çok uzunsa üç ay. Üç ay bekle, o zaman daha net görürsün.

Ben de, çok şey öğrendim ve ruhunun pahasına bedenini korumak istemem. "Yurtsever" bir anne gibi görünemesem de en azından, senin gibi dürüst bir çocuğun annesi olarak davranabilirim. Ama rica ederim biraz bekle, birazcık!

41

ICHIRÔ'DAN ANNESİNE

8 Mayıs

Babam haklıymış. Almanya sonunda yenildi. Babam bunu çok doğal karşılamış olmalı, ama diğer insanlar daha kaygılı görünüyor. Böylelikle, Japonya bütün dünyaya karşı tek başına savaşacak. Bozgun yalnızca bir an sorunu değil mi? İnsanlar: - Kaç paralık insan olunduğu şimdi gösterilecek, diyorlar, ama kaygılarını gizleyemiyorlar. Savaş babamın öngördüğü gibi oldu: Bu, onun doğru olanı düşünme tarzı. Artık, Astsubay Okulu'na başvurmak gibi olanaksız işler için diretmek istemiyorum.

Bununla birlikte, savaş ne zaman ve nasıl bitecek? Bunun bir "Yok etmek ya da yok edilmek" durumu olduğu ve kaybedersek hepimizin topluca kıyılacağı doğru mu? Savaşmamızın iyi bir şey olduğuna inandığım zaman ölmekten başka bir şey aklıma gelmiyordu. Ama şimdi ölmek bana saçma geliyor.

Askerlerimizin Çin'de ve başka yerlerde korkunç şeyler yaptığı söyleniyor.

Babamın çok rahatlamış bir hali var. Başkaları fark ederse, bu onun başına bir iş açabilir. Ona dikkat etmesini söyle.

ANNESİNDEN ICHIRÔ'YA

Almanya'nın bozguna uğraması bize, başkalarına olduğu gibi bana da tuhaf bir etki yaptı. Baban bunu daha önceden söylemişti ve kesinlikle beklenmedik bir durum değildi, ama yine de insanda tuhaf bir izlenim bırakıyor. Bu, babanın söylediğine inanmadığımdan değil, ama doğrusunu söylemek gerekirse bu kadar emin değildim. Senin için de durum öyle değil miydi?

Bununla birlikte, Almanya yenilse de savaş o kadar basit bir şekilde bitmeyecek. İnsan kendini köşeye sıkışmış gibi hissediyor değil mi? Ne yapalım? Arabuluculuk etmek isteyen hiçbir ülke yok, işte bütün zorluk burada.

Almanya'ya karşı kullanılan kuvvetler bize çevrildiğine göre savaşın yoğunluğu artacak. Suwa tehlikeli olacak. Bir şeyler bulmak için düşünmek gerekecek. Şimdi ölmek gerçekten çok aptalca olur.

42

ICHIRÔ'DAN ANNESİNE

12 Mayıs

Bugün seninle konuşacağım önemli bir konu var.

Savaş, şiddetini arttırıyor ve ne zaman biteceği bilinmiyor. Üstelik, bugünden yarına babama ne olacağını kim bilebilir? Ve, sen artık neredeyse yemek yemezken, her gün yiyecek almaya gitmeni göremem.

Bu nedenle, çok iyi düşündükten sonra, bu dönemin sonunda liseden ayrılmayı düşünüyorum.

Beni büyütmek için bu kadar zahmet çektiysen, bunun, bir

köylü olmam için olmadığını çok iyi biliyorum. Ben de derslerimi bırakmayı hiç istemiyorum ve sabah akşam karşılaşacağım arkadaşlarımı düşünmek bana acı koyuyor. Ama, son derece yorgun yüzünü gördüğüm zaman böyle zevzeklikleri düşünemiyorum.

Eğitimini yarıda bırakmış birçok ünlü adam var ve sonra, şu sırada yaşamak, ünlü olmaktan çok daha önemli.

Şimdilik pirinç tarlalarında çalışabileceğime inanmıyorum, ama tarlalarda işi kıvırabileceğimi sanıyorum. Odun toplamak için dağa da gidebilirim. Ve sonra komşularda yumurtayı kuluçkaya yatırabilirsek civciv de yetiştirebilirim. Artık benim günlük çantamla da uğraşman gerekmez. Sözünü etmiyorsun ama çantaya iyi bir şeyler koyabilmek için ne kadar çabaladığını görmek yüreğimi paramparça ediyor. Tokyo'da iyi bir şekilde yaşayan bizlerin, köylülerin "göçmenler"diyerek alay etmesini hiç sesimizi çıkarmadan kabul etmek zorunda kalmamız, ya da bir hiç karşılığında, onların belki de Pasifik yerlileri arasında güzel olarak değerlendirilebilecek karılarını giydirmek için güzel ve iyi giysileri götürmelerine izin vermemiz her şeye rağmen çok aptalca!

Böyle yakındığım için beni bağışla. İyi zamanları düşünerek en azından yüreğimizi sıcak tutalım.

Bununla birlikte, acı çeken tek ben değilim. Savaştan daha niceleri acı çekiyor ! Hayır, ben şimdilik iyiyim.

Köylüler memnun olmalılar. Arkadaşlarımın arasında köylü çocukları oldukları için birden iyi giysiler giymeye başladığı söylenenler var. Onlar açısından savaş iyilik getirici. Bense yalnızca ak saçlarının çoğaldığını görürken bile savaştan nefret ediyorum.

Sana bu şekilde yardım etmeye çalışırken belki daha çok acı veriyorum, ama yalvarırım okul konusunda iyi düşün. Okuldan ayrılmama izin verirsen hiç gecikmeden gidip gerekli yerlere başvuracağım.

Savaş bittiğinde hala yaşıyorsam süper lisenin özel sınavına başvuracağım ve ilkokuldaki arkadaşlarımla birlikte oraya girmeye çalışacağım. Tarlalarda boşuna çalışmış olacağım, bu çocuklardan daha az bilmeyeceğim.

Annelerin en güzeline,

Ichırô.

Boşuna okuldan ayrılacağım, boşuna köylü olacağım, ben her zaman senin Ichirô'n olacağım, ve savaş boşuna şiddetlenecek, kalplerimiz hep bir olacak değil mi?

ANNESİNDEN ICHIRÔ'YA

Kendi kendime, bana yaşamı daha kolaylaştırmak için ne zamandan beri okulu bırakmayı düşündüğünü soruyorum? Liseye gitmek için eskisi kadar istekli olmadığını fark etmiştim, ama bunun her halde, çok yorucu olan ev ödevlerinden ileri geldiğini düşünüyordum.

Bana yardım etmek için derslerini bırakmayı istediğini söylüyorsun, ama tam tersine bu bana daha çok acı verir. Neden mi? Çünkü, insanların yaşamda doyumu olmazsa yaşama nedeni olmaz ve benim yaşama nedenimse: çocuklarımdır.

Senin iyi düşünceni çok iyi anlıyorum, ama rica ediyorum bunu bir daha düşünme ve bütün yüreğinle çalış. Özel sınavı geçmekten çok basit bir işmiş gibi söz ediyorsun, ama bu o kadar kolay değil. Üstelik, şimdiden, yalnızca okuldan ayrılma düşüncesiyle bile kendini arkadaşların açısından rahatsız hissetmiyor musun? Derslerini gerçekten bıraktığın gün bu aşağılık duygusu yalnızca artacaktır. Bu da karakterinin üstünde etkisini göstermekten geri kalmayacaktır.

Bulunduğumuz şu durumda, hala büyük çaba gösterebilirim.

Benim babam ben çok küçükken ölmüştü ve ben çok zor şartlar altında yetiştim; bu da şimdiki yaşamımızın bana göründüğü kadar zor gelmemesini sağlıyor.

Sana anlatmış mıydım bilmiyorum.

Sekiz dokuz yaşındayken annemle ben yalnız yaşıyorduk. Öğlene doğru annem:

- Haydi yemek yiyelim !, derdi.

O zaman tabakları çıkarırdım. Sorardım:

- Pirinçle ne yiyeceğiz?

Annem bana cevap verirdi:

- Baklacı birazdan geçecek.

Bakla için kocaman bir tabak hazırlardık ve yemeğe otururduk. O sırada bakla satıcısı sokaklardan küçük bir çan çalarak geçerdi. Girişe gelip ona ihtiyacımız olup olmadığını sorardı:

- Ya bugün hanımefendi?

Tabakla birlikte kalkmak isterdim, ama annem, anneannen:

- Hayır bugün hiçbir şey istemiyoruz! diye cevap verirdi.

Böylelikle annem günden güne beni yanılsamalarla uyuturdu. Ve biz yemekte yalnızca pirinç yerdik. O zamanlar bir tabak dolusu bakla üç kuruşa alınırdı.

Öğretmenimiz okula üç kalemle gelmemizi isterdi; annemin bu kalemleri alacak parası olmadığı için kaç kez okula gidememiştim!

Sana bütün bunları anlatmadım. Ama, ben işte böyle büyüdüm. Bu nedenle yoksulluk bana zor gelmiyor. O dönemde yaşam kolaydı ve çevremizdeki insanların durumu iyiydi; yalnızca biz yoksulduk ve bu beni korkunç etkilerdi. Ama bugün Japonya'da herkes yoksul ve bu seni heyecanlandırmamalı. Savaşın ne zaman ve nasıl biteceğini şimdiden bilemiyorum, ama şu an için senin isteyerek çalıştığını görmenin bana en büyük sevinci veren olduğunu unutma.

43

ICHIRÔ'DAN ANNESİNE

1 Haziran

Sevgili anneciğim, iyi bir oğul olmaktan başka bir arzum yokken sana bu kadar sıkıntı verdiğim için beni bağışla. Derslerime çalışacağım, okuluma gitmeye devam edeceğim.

ANNESİNDEN ICHIRÔ'YA

Bugün, mutlu bir rastlantı sonucu Yamamura'da kiralık odalar buldum. Ayda 40 Yen'e 16 m2'lik iki oda.

Suwa'lılar bizimle alay edecekleri için bundan kimseye söz edemiyorum; ve en başta da, Bay Momosè bunu öğrenirse bizi hemen kapı dışarı edeceği için kimseye söz edemedim. Bir şeyler olursa insanın gideceği bir yer olduğunu bilmesi rahatlatıcı. Bizim gibi, ailesi olmayan insanlar her şeye hep çok önceden kendini hazırlamak zorundadır.

Kayano'dan bir sonraki istasyonda trenden iniliyor, ve yürüyerek on beş dakika tutuyor. Ev sahibi büyük bir evde oturan yalnız ve yaşlı bir kadın. Liseye gitmek için trene binmek zorundasın. Oraya ancak Suwa'da oturamazsak taşınacağız.

Çevrede, yalnızca köylüler var ve yiyecek bulmak için zorluk çekmeyiz. Alışveriş yapmaya gitmek gerekse bile, çiftlikler yanı başımızda. Artık evden uzağa gitmek zorunda kalmayacağım. Böylelikle, tasalanmadan çalışabilirsin. Öyleyse, oraya niçin hemen gitmediğimizi soracaksın? Çünkü, orada yalnızca iki oda var ve üstelik yan yana: dört çocuklu bir aile için azıcık küçük. Bay Momosè canımızı sıkmak için uğraşa dursun, her şeye rağmen dört odamız var ve savaş sonuna kadar kiraladık; her şeye rağmen kendimizi daha rahat hissediyoruz ve mümkünse burada kalmayı yeğleriz.

Sana bütün bunları söylüyorum, çünkü günden güne bulunması daha da zorlaşan yiyecek için çok fazla tasalanıyorsun.

44

ICHIRÔ'DAN ANNESİNE

5 Haziran

Anneciğim, bu kadar sütün ne anlama geldiğini bana söyler misin? Bugün, okuldan dönüşte, giriş kısmında bir sıra süt şişesi buldum, sana:

- Süt mü satıyorsun? diye sordum. Ve sen de yalnızca:
- Evet! diye cevap verdin.

Şaka mı ediyordun yoksa ciddi miydin? Neler olduğunu sorduğumda Yûzô, Kakisakilerden ve Masuawalardan süt getirtildiğini söyledi.

Bu her gün yapılacak mı? Sütü buraya kadar kim getiriyor? Boş şişeler ne yapılıyor? Her şeye rağmen, sütçü olmadın değil mi?

Kafası çok karışmış olan Ichirô'n

ANNESİNDEN ICHIRÔ'YA

Süt konusunda sana söz etmediğim için oldukça şaşırmış olmalısın. Doğrusunu söylemek gerekirse, bu öyle çabuk oldu ki ben bile şaşırdım.

Durum şu:

Kinji'nin arkadaşı olan Kojima'nın annesinin süt satıcısı olduğunu biliyorsun. Onun sayesinde Shirô'ya her gün bir şişe süt alabiliyordum. Oysa, bu kadın Nagoya'ya gitmek zorunda kaldı ve işini bıraktı. İşi sürdürecek kimse yoktu ve buradakilerin hepsi sütlerini kendileri almak zorunda kalıyordu. Yer uzak olduğu için, bu herkese zor geliyordu. Üstelik, süt bebeleri için artık süt olmadığından bebeği olan bütün ailelerin süt almak için her gün bir saatini vermesi başlı başına bir işti. Böylelikle, Shirô'nun sütünü almaya giderken komşularınkini de getiriyordum. Ama, Shirô bir buçuk yaşına geldi; gelecek aydan itibaren süt alma hakkını kaybedecek. Shirô süt içemezken başkalarının sütünü almak için uzağa gitmek zorunda kalmam ne de olsa canımı sıkıyordu. Bu başkalarını da rahatsız ediyordu. Üstelik, bir süre daha Shirô için ve mümkünse Yûzô'yla Kinji için de süt istiyordum.

Dolayısıyla, süthaneye gidip konuştum. Onlara bizim için süt vermeye razı olurlarsa, buna karşılık komşuların sütünü dağıtmayı önerdim. Süthanedeki görevli buna çok memnun oldu. Süt dağıtmayı kabul edersem bizim için yedi şişe süt vereceğini söyledi. Olay böyle çözümlendi ve dün öğle sonrasından beri sütçü kadın oldum!

Bayan Masuzawa'dan ödünç aldığım bebek arabasıyla elli şişelik iki kasayı taşımak hiç de zor bir iş değil. Çevrede dağıtılacak yalnızca altmış iki, altmış üç şişe var ve kolay; şişeleri gelip evden almaları için durumu ayarladım. En uzakta oturanlar ancak beş dakikalık uzaklıkta.

Harika değil mi? Herkes memnun, biz de hiç sıkıntıya düşmeden yedi şişe süt içebileceğiz!Yönetmeliğe göre havacıların ihtiyacı olduğu için bebeklerin yalnızca on ikinci aya kadar süte hakkı varmış.

Yalvarmak boşuna, en fazla on sekizinci aya kadar izin veriyorlar. Bu koşullarda yedi şişe süt elde etmemiz harika değil mi!

Bu dağlarda balık bulunmuyor, süt de içilmezse mineral yokluğundan kesinlikle zayıf düşeriz.

Baban öyle memnun ki dün üç şişe süt içti !

Sen süt sevmediğin için payımızı şöyle bölüştürmeye karar verdim: İki şişe baban için, iki şişe Kinji için ve üç şişe de Yûzô'yla Shirô'ya paylaştırmak için. Sen de yumurtalarda fazlasını alırsın.

Bu işe alışık olmadığımdan başlangıçta belki biraz zorlanacağım ama hemen alışırım. Bu sizin yetersiz beslenmenizi engellerse gerçekten iyi bir fırsat olacak !

Boş şişelere gelince doluları götürdüğümde onları geri getirmekten başka yapacak bir işim yok.

45

ICHIRÔ'DAN ANNESİNE

10 Haziran

Anneciğim, Aoyanagi'de kiraladığın ev ne biçim! Yaşlı kadın ne korkunç! Yalnızca kolileri götürürken bile bıktım. Mümkünse burada kalalım!

Evin diğer bölümünde oturan yaşlı kadın gerçekten çok garip. Kinji'nin ağzı şaşkınlıktan açık kaldı.

Eşyalarımızı oraya gönderelim ve mümkünse biz burada kalalım!

46

ICHIRÔ'DAN ANNESİNE

28 Haziran

Sevgili anneciğim, her gece bu sirenler çok yorucu. Uçaklar her zaman gelmiyor, ama telsizin cızırtısından bıktım.

Bu sıralarda akşamları yazmak söz konusu bile olamayacağından bu defteri uzun zamandır açmadım. Ama bugün belki sakin olacağımıza göre, bir olasılıkla sana azıcık yazabilirim.

Üstelik, sana yazmam gerekiyor, babam hakkında kesinlikle yazmalıyım.

Hatırlarsın, evvelki gün bize:

- Bu akşam, belki sıra Suwa'ya gelecek, demiştin.

Kôfu az bir zaman önce bombalandığından, bunun pekala olabileceğini düşünüyorum.

Shirô için bir sürü giysi koydun. Bense bir sırt çantasına en değerli eşyalarımı doldurdum. Sen, Shirô'yu sırtına aldıktan sonra kendi kendine ne kadar yiyecek taşıyabileceğini soruyordun. Babam büyük bir bohçaya kitaplarını koyuyordu. Ben:

- Böyle bir zamanda kitaba ihtiyaç yoktur! Bir çuval pirinç taşısaydı, anneme ne büyük yardım olurdu! diye düşündüm.

Bu beni huzursuz etti ve hatırlıyorsan yok yere Kinji'yle dalaştım. Bir de “cızır cızır...” diye başlayan şu telsiz. Sonra, şu mikrop belediye başkanının oraya buraya koşturup avaz avaz anırarak çıkardığı şamatayı duydum, arkasından uyumuşum.

Ne kadar zaman uyuduğumu bilmiyorum, ama gözlerimi yeniden açtığımda küçük su dökmeye gitmek istedim, telsiz susmuştu. Kendi kendime:

- Uf! bugün de kurtulduk! dedim.

Bunu düşünürken birden bütün tasalarımın uçup gittiğini, ama içimin sabırsızlıkla dolduğunu hissettim. Kafamı kaldırdığımda karanlıkta sere serpe senin yanına yatmış, kollarınla sardığın Kinji'yi, Yûzô'yu, Shirô'yu ve seni görebiliyordum. Babam orda değildi. Ama dikkatle baktığımda hiç yatmamış olduğunu anladım. Bu kadar geç saatte ne yapıyordu? Saat ondan sonra uyuyakalmıştım ve gecenin biri olsa gerekti.

- Baba daha yatmadın mı?, dedim.

Bunu söyleyerek bölmeyi ittim ve şaşkınlıktan kalakaldım. Babam masanın üstüne bir furoshiki[1] sermiş kitap okuyordu. Az önce gördüğüm kitaplar yanı başında yığılı duruyordu. Gözlerini gazetesinden kaldırmadan sordu:

- Sen misin Ichırô? Bu saatte ne yapıyorsun?

- Küçük su dökmeye gitmek istiyordum. Ya sen baba, neden hala ayaktasın? Uyarı zamanı geçti.

- Üff!

Sayfasını çevirirken bana verdiği bütün cevap buydu.

- Yatsaydın ya? Belki de bir anda öldürülebileceğin bir zamanda kitap okumaya değmez.

Ben bunu söyledikten sonra, babam bir süre bana baktı sonra bana şöyle cevap verdi:

- Ichirô, ölmeden önce insanın istediği kadar, dört saat, beş saat uyumasının daha iyi mi olduğunu sanıyorsun? Ben öyle düşünmüyorum. İnsan ne zaman öleceğini bilmez ve bu nedenle yaşadığım sürece en azından bütün okuyabildiklerimi okumak isterim. Bak, ölmeden önce okumak istediğim üç kitap var burada. Bu durumda uyuyabileceğimi mi sanıyorsun?

Bunu söylerken kitabını okşadı ve yeniden okumaya daldı.

Hayatımda hiçbir zaman babama bu kadar hayran olmamıştım. Gerçekten bana tarih kitaplarındaki ya da öykülerdeki büyük adamlar gibi göründü. Soluğum kesilerek kalakaldım. Babamın karanlıkta seçilen yüzünde kutsal bir ışık gördüğümü bile

1. Babanın taşınırken kitaplarını koyduğu büyük bohça bezi.

zannettim. Orada durup düşündüm. Yüreğimin neden bu kadar hızlı çarptığını ben bile anlayamıyordum.

"En azından, yaşadığım sürece..." Bu sözcükleri arka arkaya kezlerce yineledim.

Evet, babam gerçek bir bilgindi, tepeden tırnağa bir bilgin. Bunu kendime söylediğim zaman aptallığımdan son derece utandım.

Anneciğim, sana sık sık hayran olmuşumdur. Yiyecek bulmakta zorluk çektiğimiz zaman, bir sığınak bulmak söz konusu olduğu zaman, bizim için ruhunun en derinliklerine kadar endişe duyarak kendini adadığını kaç kez gördüm. Her seferinde içimden ağlamak gelirdi. Ama babamın davranışı karşısında hiçbir zaman demin olduğu kadar alt üst olmamıştım.

Sana böyle yazdığım için beni bağışla. Bu, sana karşı duyduğum gönül borcunun daha az olduğu anlamına gelmiyor. Senin yüceliğini çocuk kalbim anlamıştı, ama babamınkini ancak şimdi fark edebildim ve geçirdiğim şok da o denli büyük oldu.

Anneciğim, yüreğim, bu kadar hayran olunacak bir babanın oğlu olmaktan dolayı minnetle doldu. Ondan sık sık yakındığım için beni bağışla.

Bu savaş sırasında ölmezsem, onun gibi olmayı olabildiğince çabuk istiyorum. Büyük bir bilgin olamam, ama denemeden ölmek istemiyorum.

Babamdan özür dilemek istiyorum, ama birden beni utandıracağından ona benim yerime sen söyle, ne olur !

Oh ! Şimdi kendimi biraz daha iyi hissediyorum !

İyi geceler anneciğim, iyi uykular. Çoğu kez, bunun gibi sakin gecelerin olması ne kadar iyi !

ANNESİ'NDEN ICHIRÔ'YA

Senden hiç bugünkü kadar beni sevindiren bir mektup almamıştım.

Baban günlük yaşamda, senin de bildiğin gibi hatadan başka bir şey yapmıyor, ama onun özünde pırıltılı bir şeyler var. Babanın değerini bu oluşturuyor. Bunun ne olduğu sözlerle anlatılamaz. Fırsat düştükçe yalnızca hissedilir. Bunu keşfettiğin için alabildiğine mutluyum.

Bana sık sık her konuda, harika bir anne olduğumu söylüyorsun, ama bu anne sıradan şeyler yapan, sıradan bir insandan başka bir şey değil. Babanın değerinde değil.

Bununla birlikte, beni kaygılandıran, insanların, bu haliyle babanın gerçek değerini bilip bilemeyeceği. Ama özünde bunun önemi yok, sen de öyle düşünmüyor musun? Değerli olup değersiz gibi gözükmek, hiç değeri olmamaktan daha iyidir.

Ben buna inanıyorum. Sen de inan.

47

ICHIRÔ'DAN ANNESİNE

9 Temmuz

Bu sabah gelen Shibuzakili hanımdı değil mi? Beni pansiyoner olarak yanına almaktan söz ediyor gibi geldi.

Belki sen beni fark etmedin, ama ben okuldan dönüyordum; onu duyunca neredeyse "Tadaôma! (nihayet)" diye bağıracaktım. Nedenini bilmiyorum, ama bu durumda içeri girmekte kararsız kaldım, tekrar dışarı çıktım. Belki de gerçekten şaşırdığım içindi. Çantam omuzumda yola çıktım ve göl tarafına doğru gittim, orada yarım saat kadar Akiyama ve diğerleriyle top oynadım. Oyun oynarken beynimin içi sanki "Shibuzaki", "Shibuzaki" diye çın çın ötüyordu. Topla neredeyse iki kez parmağımı incitiyordum. Akşamdan önce bana bundan söz edeceğini sanıyordum, ama bana hiçbir şey söylemediğinden sana zor geldiği için konuşmadığını düşündüm. Dolayısıyla, bu konuda ben sana yazacağım.

Tokyo'da, senden uzakta yaşamaktan bıktığımı çok iyi biliyorsun. Shibuzaki'ye gidersem, Tokyo'daki gibi olmayacak, çünkü orada ne de olsa arkadaşlarım vardı; Shibuzaki'deyse kimseyi tanımıyorum ve alabildiğine zor olacak.

Bununla birlikte, böyle bir zamanda iştahının çok olduğu yaştaki bir çocuğu yanına alacak kadar iyi durumda pek fazla insan bulunmadığını da çok iyi idrak ediyorum. Üstelik, evde olmazsam yiyecek konusunda bu, sana da yardımcı olacaktır, derslerden sonra ben de çalışırsam kendi hesabıma sana bir şeyler gönderebilirim; dolayısıyla, beslenebileceğimden ve üstelik liseye devam etmem de mümkün olacağından kendimi az çok yalnız hissetme sorununu bir yana bırakalım.

Gerçekten, evlat edinilemeyecek kadar büyüdüm; kendimi ücretli çalışmaya gitti sayacağım. Rençper Ichırô, ne büyük değişiklik! Kendimi roman kişisi gibi hissediyorum.

Böyle devam edersem, kesinlikle çok güçlü birileri olacağım! Bu, bir tiyatro oyunu olsaydı eğlenceli olurdu, ama gerçeklik beni fazla etkilemiyor! Yine de iyi birileri olmak gerekir; dolayısıyla boyun eğeceğim.

Zaten, oraya gidersem ne olursa olsun seni her sekiz ya da on beş günde bir göreceğim. Ve Tokyo'daki yaşantımı düşünerek yakınamam, çünkü burada daha az bombardıman tehlikesi var.

Üstelik, sen beni fazla korkmadan bırakabilirsin değil mi?

Her halde babamın fikrini de alacaksın, ama benim açımdan

endişelenme, sana güneşte yanmış olarak, her tarafımdan sağlık fışkıran bir halde geri geleceğim.

Mektubu bugünlük burada kesiyorum.

ANNESİNDEN ICHIRÔ'YA

Shibuzaki konusunda, artık bunlar kadar hoş insanlar hiç bulunmuyor değil mi? Suwa'ya geldiğimizden beri gerçekten tanıdığım en iyi insanlar.

Senin de söylediğin gibi, oraya gidersen, bu, yiyecek sorununu gerçekten de biraz kolaylaştıracak. Ama şimdiki rahatsızlıklara hala dayanabiliriz. Beş gün içinde kadınlarla çocuklar buradan götürülecekler; Aoyanagi'ye hep birlikte gitmemizin daha iyi olacağını düşünüyorum.

Sana bunu yazarken evin önünden geçen el arabalarının sesini duyuyorum. Bu, Tokyo'da günün haberlerinde gördüğümüz Çinli mültecilerin geçit törenine benziyor. Çok fazla zamanımız yok, olsun! devranın bir şekilde dönmesi gerek.

Bu sabah giderken sana: - Shibuzaki hikayesi bitti! dedim. Bunun ne anlama geldiğini anladığını sanıyorum, ama kısacık bir boş zamanım olduğundan yine de sana yazmak için bundan yararlanıyorum.

Eşyalarımız bu akşam ya da yarın sabah Aoyanigi'ye gidecek ve bu nedenle artık bu deftere yazamayacağız. Oradaki yaşamamızın ne olacağını bilmiyorum,ama en iyisini yapmaya çalışacağız değil mi?

Eşyaların hemen hemen hepsi bağlandı, hiçbir işim kalmadı, yarının ne getireceği bile bilinmezken, böyle elimi kolumu sallaya sallaya dolaşmak bana tuhaf geliyor.

ICHIRÔ'NUN GÜNLÜĞÜ

15 Temmuz 1945

Annem, bir süre için yazışmayı kesmemizi söyledi. Günümüz koşullarında bu gerekliliği çok iyi anlıyorum.

Şimdi kaldığımız iki oda, tek oda gibi; üstelik yan odadaki bu korkunç yaşlı cadıya tahammül etmek gerekiyor; annem geceleri yazı yazamayacak, uğraşları yüzünden gündüz de öyle.

Hem şu yaşlı ev sahibi neden hep bizi gözetliyor ? Yûzô'yla öteki kardeşim yüksek sesle konuşacak olsa kızmış görünüyor; Kinji'nin su almaya gittiği zaman kuyunun yanında hep bir şeyler unutmasından da yakınıyor...Her uyarısında annemin yüzü karışıyor. İyi bir kira ödediğimize göre bu kadına daha çok kafa tutmamız gerektiğini düşünüyorum, ama annem karşı çıkmaktan aciz. Dört çocuk sahibi olmak bu kadar büyük bir talihsizlik mi? Daha ilerde onlar adam olacaklar; bütün adamlar çocuk olmakla başladılar. Dün öylesine kızmıştım ki ev sahibimizi terslemeyi çok isterdim, ama kendimi tuttum, çünkü bu yaşlı cadı bizi kapı dışarı ederse gerçek bir felaket olur.

Bugünden itibaren, defterimize tek başıma devam ediyorum. Annemin bana cevap veremeyeceğine üzülüyorum ama sağ kalabilirsek karşılıklı konuşmamıza yeniden başlayacağız.

Böylelikle, bu kadar ağır bir dönemin kanıtını korumuş olmaktan mutlu olacağız, ve ben ölürsem, bu günlük benden bir anı olarak kalacak...Böyle söylüyorum, ama aslında yazdıklarım diğer insanlardan çok benim için bir anı olacak. Gerçekten de annemle fazla konuşacak zamanım yok ve onun okuyacağını umut ederek bu günlüğe devam etmek beni çok rahatlatacak.

Anneciğim, sana söyleyemeyeceklerimi yazmam gerek.

18 Temmuz

Anneciğim, Kinji bana bugün: "Çok geçmeden Japonya kül olacak!" dedi. Doğru değil, değil mi? Okulda da öğretmen Yamamoto bu felaketi önceden haber verdi; ama yalan. Japonya küçük, ama kaç bomba atılırsa atılsın onu küle çevirmek olanaksızdır! Kinji'ye aptal aptal konuşmamasını söyledim, ama o düşüncelerine dalmış olarak bana şöyle cevap verdi: "Zaman ilerledikçe tam yıkım muhtemel olacaktır!" Kinji'nin bu, ya başkalarıyla alay eder gibi ya da bir başka dünyada yaşıyormuş gibi davranmasını sevmiyorum. Ona, bana söylediklerini sana da söyleyip söylemediğini sordum. Bana: "Hayır! Öğretmen onu üzmememi söyledi" diye cevap verdi. Dolayısıyla anneciğim, sen muhtemelen hiçbir şey bilmiyorsun, ama bir öğretmen, öğrencilerine, annelerine söylenmemesi gereken şeyler söylemeli mi; üstelik, bu haberleri nereden alıyor?

Görünüşe bakılırsa Kinji'yi çok seviyor, ama bir öğretmenin çocuklarını korkutmaması gerekir. Bana gelince, onun kehanetlerine inanmıyorum; yine de allak bullak oldum. Sen ne düşünürdün acaba anneciğim? Her gün ağır koşullar altında çalışıyorsun, ben de seni üzmek istemiyorum, ama her şeyi önceden görebilmen gerekiyor, doğru değil mi?

20 Temmuz

Anneciğim, Osaka'ya atılan şu bildiri hikayesi doğru mu?

Bugün, tam ondan söz edecekken komşumuz geldi ve sen tedbirsizce gevezelik etmenin ne kadar tehlikeli olduğunu söyledin.

Haklısın; şu son zamanlarda birçok kişi uluorta konuştuğu için tutuklandı. Ben de hemen sustum, ama Oyama bildirilerin gökyüzünden atıldığını söyledi; ona güvenim var, çünkü hiç yalan söylemez. Bu bildirileri kesinlikle bir düşman uçağı atmış olmalı.

21 Temmuz

Okatani'ye düşen bildirileri okulda gördüm; düzgün bir Japoncayla: "Japonya çiçeklerle kaplı güzel bir ülke, ama Mart ayından itibaren yalnızca bir kül yığını olacaktır," diye yazıyordu.

Söylendiğine göre başka bildiriler halka, bir sonraki bombardımanı engellemek için kaçmasını salık veriyormuş, ama bunlar elden ele dolaşmamış. Okulda bundan başka bir konu konuşmuyorlardı, özellikle de Okatani'den gelen öğrenciler.

Hiç oyalanmadan eve döndüm; ailenin ve komşuların haberleri tartıştığını gördüm; söylendiğine göre bildiriler yalnızca Okatani'ye değil, ama yakın çevredeki tepelere de atılmış.

Yûzô bildirilerden birini ele geçiremediğine üzülüyordu; onun gözünde bu bildiriler Tokyo sokaklarında dağıtılan reklam broşürleri gibiydi.

Yûzô: "Son bildiriler dokunanların elini tahriş ediyormuş" diye ekledi. Bunu ona senin söylediğini iddia ediyor anneciğim, ama pek inanmıyorum; bunun doğru olduğunu varsaysam bile muhakkak Yûzô'yla arkadaşlarını bildirileri aramaktan vazgeçirmek içindir.

Buralı kadınlar bildirilerden cinden korkar gibi korkuyorlar; bildirilerin yalnızca dokunan elleri yaktığı değil, okuyan gözleri de kör ettiğini iddia ediyorlar.

22 Temmuz

Galiba annem de bildirilere dokunmamak gerektiğine inanıyor. Düşüncesine göre, bunlar düşman uçaklarından atıldığına göre zehirli olmaları olanaksız değil. Ben inanmıyorum; atılan bu bildirilerin kötü bir niyeti olsaydı, tehlikeli olacak bazı yerlerin boşaltılmasını öğütlemezdi. Annem, sürekli uyanık olmamız için ısrar ediyor; o zaman onu tanıyamaz oluyorum. Genellikle, başkalarındaki iyiliği kabul edebilmek ve olayları taraf tutmadan olduğu gibi değerlendirmek gerektiğini söyler. Yoksa, onun bu ilkeleri yalnızca Japonlara mı uygulanabilir.

Bence hayır! Günümüz koşullarında düşman bize kötülük etmemeye çalışıyor ve Japonlar da buna inanmak istemiyorsa, bu Japonların utancıdır! Bununla birlikte, yazarken bir başka "Ben" de şöyle mırıldanıyordu: "Ne olursa olsun, bu bildiriyi atan düşmandır. Bizi yenmek için onun gözünde bütün araçlar geçerlidir"... her şeye rağmen, onun insanca davrandığına inanmak istiyorum.

Benim gibi, belki biraz daha büyük ve doğruluğa susamış bir çocuğun, bu bildirileri dağıtmak için uçakla geldiğini düşlüyorum; çünkü savaşa katılmayanları öldürmeyi haksızlık ve acımasızlık olarak görüyordu; görevini yerine getirmeden önce düşüncelerini şefine söylemiş olmalıydı; şefi de belki bir zamanlar geldiği Japonya'ya duyduğu sevgi yüzünden bunu onaylamıştı. Halkı savaşın dışında tutmak için bildiriler bu şekilde atılmış olmalıydı.

Herkesin, cinlerden geliyormuşçasına bu bildirilerden korktuğu bir sırada bu düşünceye sarılmaya çalışıyordum; yarın belki bir bombardıman olursa, ama bu koşulda bile düşüncemi korumayı yeğlerdim.

24 Temmuz

Bugün okulda yine bildirilerden başka bir şey konuşulmuyordu; genel kanıya göre bunlar iyi niyetle atılmıyordu. Bir insan ne kadar iyi olursa olsun ülkesinin stratejik gereklilikleriyle çelişkiye düştüğü zaman ona bir hain gözüyle bakılırdı. Her koşulda bu adamın hareketi ordu tarafından onaylandıysa, bu, Amerika'nın lehine demekti.

Her şeye rağmen, arkadaşlarımın haklı olduğunu sanıyorum; insancıl düşlerim çok saf.

Söylendiğine göre bu sabah radyodan yayınlanan bir haberle bu bildirilerin düşünülmesi gerektiği söylenmiş; bunlar psikolojik savaşın bir bölümünü oluşturuyormuş, dolayısıyla, boş yere korkulmaması gerekiyormuş; ve düşman bombardımanları önceden ilan ederek iyi niyetli görünüp, kendisine karşı duyulan kini savunmasız bırakmak istiyormuş.

Bildiriler birçok küçük şehre atılmış. Bu doğruysa, neden Okatani gibi taşranın uzak bir köşesi seçildi? Bu, Tokyo'da ya da Osaka'da daha etkili olurdu; silah fabrikaları en büyük tehlike altındaysa, çok daha önemli silah fabrikalarının bulunduğu bölgeler var.

Her halukarda, birinci sonuç şu: hepimiz çok huzursuzuz.

Kendi kendime Chiba hakkında anlatılan öykünün doğru olup olmadığını sordum. Oradan gelen birilerinin anlattığına göre, Chiba alayında hiç cephane kalmamış; düşman Kujukuri'ye çıkartma yapacak olursa bambu oklarla direnilecekmiş. Kara kuvvetlerindeki alaya -diğerleri şimdiden cephede olduğuna göre yaşlılara ve çürüğe çıkmış gençlere- bu oklarla şimdiden talim yaptırılmış.

Bambu ok, modası oldukça geçmiş bir silah!

Düşman topla tüfekle gelecek; ona böylesi bir silahla karşı çıkmak gülünç. İnanç gücüyle onun yenilebileceği söyleniyor. Olabilir, ama belli sınırların ötesinde değil. Rakibin çok daha gelişmiş silahları varsa, biz anında yeniliriz.

Babam, Japonya'nın bu savaşı kaybedeceğini kesin bir tavırla söylüyor; ona inanmamak isterdim, ama güvenimi hergün biraz daha yitiriyorum.

26 Temmuz

Kestane bol olacak, bir bölümü kurutulur. Kurutulmuş kestaneye biz "kachiguri" diyoruz ve kachi "zafer" anlamına geldiğinden birçok insan bunu iyi bir belirti olarak görüyor. Köylülere gelince, kestanenin bol olduğu yıl kıtlık yılı olurmuş. Yıl sonunda ottan, kökten başka yiyecek bulamayacağımız söylentisi dolaşıyor. Gerçekten umut kırıcı !

Üç gün boyunca babam, bize kış için bir şeyler sağlamak amacıyla komşularla Kaya denilen bir cevizi toplamaya gitti. Barış zamanında en tutumlu insanlar bunları piliçlerine yedirirler.

Kümes hayvanlarımıza değişiklik olsun diye ben de verdim; bir süre gagaladılar sonra bıraktılar. Tavukların bile burun kıvırdığı bir yiyecekle beslenmek ne de olsa talihsizlik sayılsa gerek! Böyle yaşarsak halimiz ne olur?

Kimi zaman, bir tas daha pirinç istedikleri zaman Kinji'yle Yûzô'nun kayıtsızlığına zaten kin duyuyordum. Annemin dertlerini düşünmeden çay istemelerine kızıyordum.

Anneciğimin iki pantolondan başka giysisi kalmamış olmalı. Geri kalan bütün giysilerini yiyecek karşılığında değiş tokuş etti, Yûzô'yla Kinji'yse hala mızmızlık ediyor. Yalnız cevizle yetinmek zorunda kalırsak ne olacak? O zaman, annemi tartaklayan aç canavarlar olacaklar. Bu düşünce beni korkutuyor, çünkü sonunda düşmana bile aldırmaksızın birbirimizden nefret edeceğiz.

7 Ağustos

Hiroşima'nın bombalandığı ve zararın çok büyük olduğu söyleniyor. Radyoyu dinlerken bunun çok bölgesel bir bombardıman olduğunu sandım; ama Kinji bunun "Atom" bombası denilen şey olduğunu söyledi. Atom bombası olağanüstü güçlü yeni bir silah; çevresinde canlı ne varsa öldürüyor. Kinji'ye önce: "bunlar şaka"dedim, ama bana korkunç bir yüz buruşturmayla cevap verdi: "görünüre bakılırsa şaka etmenin zamanı değil. Bu bombalardan iki üç tane sallansa Japonya tümüyle yok edilir."

Böyle nesnelerin olması mümkün mü, varsa da bunları kullanmak mümkün mü? Uluslararası anlaşmalar, insani olmadığı gerekçesiyle boğucu gazları yasakladı, gazlardan çok daha fazla tehlikeli olan bir bombayı kullanmak nasıl mümkün olabilir?

Bana öyle geliyor ki Kinji, öğretmenin söylediklerine çok inanıyor. Bay Aoyama'nın uçuk bir düş gücü var.

8 Ağustos

Adamın biri bostanlardan sebze çalıyormuş, yakalanmış; onu öyle dövmüşler ki ölmüş. Gazete böyle yazıyordu; bu, onun bir cani olduğu anlamına gelmez; bugün çok parayla bile hiçbir şey bulunamaz oldu, hiç kuşkusuz bostanlardan hırsızlık yaparak yaşamaktan başka şansı olmayan insanlar da vardır.

Köylüler pirinçlerini, buğdaylarını, sebzelerini birçok nesneyle takas ediyorlar ve hiçbir şeye ihtiyaçları yok; ancak kumaş ya da kızlarının düğününde gerekenleri elde etmek için takası kabul ediyorlar.

Günümüzde bu servetlerin hiçbirine sahip olmayanların ölmekten ya da çalmaktan başka çıkar yolu yok. Bu şekilde ölen adam bir göçmendi; taşralılar göçmenleri hırsız, uğursuz gibi görüyorlar ; zavallıların ne hale düştüklerini kesinlikle düşünmüyorlar!

Biz de göçmeniz; durumu çok iyi anlıyorum. Hiç kuşkusuz bu adam kendisi için değil, ailesi için hırsızlık yaptı; belki de çocukları vardı, onları aç bırakamazdı.

Hiç olmazsa küçükler için yeterli yiyecek olabilseydi ! Benim yaşımda açlığa dayanılabilir; küçük çocuklar için bu çok zor. Tayının daha da kötüleşeceği söyleniyor. Yine de her ay ancak on günlük -üstelik pirinç de yarı yarıya çürük patates, nohut ve tavuklar için kepekten başka bir şey dağıtılmıyor.

9 Ağustos

Galiba Kinji haklıydı: olanaksız görünen, 6 Ağustos'ta, Hiroşima'da oldu; oranın cehenneme döndüğü söyleniyor.

Bu savaş neden, insanların bu kini neden? Anlayamıyorum.

Bireysel isteğin hiçbir anlama gelmediğini fark ediyorum; bu, olayların akışını değiştirecek güçte değil. İçim öylesine sıkıntılı ki canım okula bile gitmek istemiyor.

10 Ağustos

Sovyetler bize savaş ilan etti. Arabuluculuk yapabilecek tek ülkenin Rusya olduğu düşünülüyordu. Bir umut uçtu gitti.

Japonya ne olacak?

Hiroşima başta düşünülemeyecek kadar tam bir yıkım içindeydi; radyoda spikerin sesi heyecandan boğuklaşıyordu.

Çok geçmeden sıra Tokyo'ya, Yokohama'ya sonra da bize gelecek. Hemen olup bitse daha iyi olurdu.

11 Ağustos

Tokyo'dan babamın bir arkadaşı anlaşılmaz bir mektup yazdı; iki üç gün içinde başkente gelmemizi ve orada bir ev almamızı öğütlüyordu. Şu anda gerçekten de bir lokma ekmek karşılığında istenilen ev elde edinebilirdi.

Fiyatı ne kadar düşük olursa olsun ev alabilecek kadar paramız yoktu, hatta paramız olsa bile ertesi gün yanacak bir şeyi satın almak saçmaydı. Bu çok açıktı, öyleyse neden bize bu öğüdü veriyordu? Anlamıyorum; babamın arkadaşı önemli bir mevkideydi ve boş konuşmazdı. Babam bundan savaşın yakın bir zamanda bitebileceği sonucunu çıkardı. Ne var ki, olası tek arabulucu Rusya, düşmanımız olduğuna göre, bu, olanaksız görünüyordu; daha birkaç gün önce babam, artık, savaşı istesek de durdurma olanağımız yok diyordu. Her koşulda bu mektup çok garipti.

12 Ağustos

Radyo, Nagazaki de Atom bombasıyla bombalandı, zarar Hiroşima'daki kadar çok değil; ne var ki sıradan bir bombardımandan çok daha zararlı dedi.

Siyah giysili insanların beyaz giysililerden daha ağır yaralandığı fark edildi; ve şimdiye değin uzaktan daha kolay görülebildiği için beyaz giysiler yasaklanmıştı.

Bu yeni bomba göz kamaştırıcı bir ışık saçıyor ve söylendiğine göre bu ışığın çıktığı anda insanlar ölüyor.

Belki de beyaz renk bu ışığı yansıttığı için yeğleniyordu, her halükarda eller ve yüz açıkta kalıyordu, çünkü onları beyazla örtecek zaman kalmıyordu. Bu bomba müthiş bir ısı yayıyordu; Kinji'nin öğretmenine göre bir yanık yarasının üstünde tüy bitmediği gibi, bu atomlu toprakta da ağaç bitmeyecekti

Japon ordusu yabancıların böyle bir silaha sahip olduğunu hiç mi bilmiyordu? Öyleyse Japonya'yla diğer ülkeler arasında, tarih derslerimizde bize anlatıldığı gibi Meijilerin Restorasyon dönemiyle karşılaştırılabilen bir fark vardı.

Bir anda, bambu oklarla yenmeyi umut etmek gülünç! "ilahi akım"a, Kamikaze'ye bel bağlamak ve atalarımızın efsanesinin sonsuza dek süreceğine inanmak gülünç!

Bize bu efsanenin öğretildiği doğru; öğretilmeden bile Japon halkı yüzyılların sonuna dek yenilmeyeceğine bilinçaltında inanıyordu. Hiroşima ve Nagazaki gözlerini açtı. Savaşçılığı kayboldu gibi. Ne yapalım? Bir savaşın yönetiminde bireylerin iradesi pek sayılmıyor. Ulus kesinlikle bireylerden oluşmuştur, ama savaş, çoğunun istediğine zıt bir yöne doğru gelişim gösteriyor.

13 Ağustos

Hiroşima'daki bombanın sonuçları korkunç görünüyor. "Asahi" insanlık adına protesto eden bir Avrupa gazetesinin makalesini yayınladı. Doğru! İsveç, Amerikalılar'ın atom bombasını denemek istiyorlarsa, şehri boşaltmak için halka zaman tanınmaları gere ktiğine işaret ettiği zaman haklıydı.

Evet, ama düşmanlarımız bu şekilde davransaydı, Japonlar gitmemiş olurdu! Okatani'de havadan atılan bildirileri kimse ciddiye almak istemedi. Bana gelince, inanma eğilimindeydim; ama arkadaşlarımın etkisi, sonunda, benim de onları yalan gibi görmeme neden oldu.

En azından Amerikalılar, önce böyle bir felakete yol açmayacak bir yerde patlatarak, bombalarının gücünü göstermeliydi. Her halükarda atom bombasının kullanılması insanlık sorunları çıkaracaktır; bizzat yansızlar bile harekete geçiyorsa, doğrudan doğruya kurban olan bizlerin bunun canavarca olduğunu düşünmeye hakkımız var.

Silah fabrikasında bile çalışmamış bir alay masumun üzerine deli gibi gitmek büyük bir suç. Hıristiyanlar suç işleyenin pişman olması koşulunda, suçunun affedileceğini söylerler; bu, o kadar çabuk unutulmayacak.

Resmi bildiriler halkı, düşmanlarımızın acımasızlığına karşı kutsal bir öfkede birleşmeve çağırıyor. Birleşmenin olup olamayacağını bilemiyorum; ama biz gençlerin, tüm insani yasalara aykırı hareket eden düşmanımızın kötülüğüne inandığımız kesindir.

Bu koşullarda, böyle cellatlara hiçbir zaman teslim olmayacağız, ölmeyi yeğleriz; savaşı kaybedeceğimiz çok açık, ama bütün benliğimiz kararlılık içinde.

Daha sakin günlerde anneme göstermek için yazdığım bu günlük çok yakında bitebilir; barış günü yakın değil, ve bugünden yarına annemin, Kinji'nin, Yûzô'nun hatta benim birbiri ardına öldürüleceğimiz kesin.

Annem ölürken acı çekmese! Onun acı çekmesini görmemek için ondan önce ölme isteğimle birlikte tek arzum bu. Hayır! Bu kez de o acı çekerdi; en iyisi hepimizin aynı anda ölmesi.

15 Ağustos

İnanılır gibi değil, olamaz! Dün akşam amcam, savaşın bittiğini söylemek için Tokyo'dan geldi. Kimse ona inanmak istemedi; savaş bitmeyecek gibiydi. Oysa doğruydu! Savaş birdenbire ve çarçabuk bitti.

İmparator böyle karar verdi; Sağduyusu büyük! Halkına karşı gösterdiği iyilik ve gücü karşısında gözlerim kamaştı.

Savaş bitti! Rahatlamama rağmen sevinemiyorum; ölmeyi yeğleyeceğim bu koşulsuz tavizden nefret ediyorum.

Bir yandan, yüreğimin bir köşesinde, solunabilir bir havanın girmesi için bir pencere açılıyor gibi geliyor; öte yandan umutsuzum. Ne büyük çelişki ! Bize haber vermek için rahatını bozan amcama teşekkür edemedim ve bugün sıkıntı içindeyim. Neler olacak? Gerçekten barış olacak ve annemin yanında sakin sakin yaşayabilecek miyiz? Japonya'nın yenildiği, delikanlıların çiftliklerde çalıştırılmak için seferber edileceği, genç kızların, düşmanlarımıza fahişe gibi satılacağı söylentisi dolaşıyor. Öylesine şaşkınım ki bu söylentilerin doğruluk derecesini değerlendiremiyorum.

Anladığım tek şey biz ölmeden önce savaşın bittiği ve buradakinden biraz daha fazla özgür olacağımız Suwa'daki eve döneceğimiz. Ev daha büyük değil, ama komşular bütün konuşulanları duymadan konuşulabiliyor ; homurdanarak bizi gözleyen korkunç ihtiyar artık yanımızda olmayacak; üstelik, annemin sıkıntıları azalacak. Hemen ardından, anneme yeniden yazışmaya başlamamızı önereceğim; kendim için yazdığım günlükten daha çok zevk ve ilgi duyacağım.

Sevgili günlüğüm, sana bugün elveda diyorum, ama seni özenle saklayacağım.

48

ICHIRÔ'DAN ANNESİNE

15 Ağustos

Anneciğim, sonunda savaş bitti. Savaşı kaybedeceğimizi biliyordum, ama bunun bu kadar çabuk olacağını sanmıyordum.

Gerçek değilmiş gibi görünüyor. Tıpkı bir rüya gibi. Ama, Majesteleri İmparator radyoda konuştu; demek ki bu kesin.

Savaş bitti, biz savaşı kaybettik, ama yine de çok üzgün değilim. Kendi kendime nedenini soruyorum. Acaba babamdan ve diğerlerinden savaşı kaybetmenin Japonya için sürdürmekten daha iyi olacağını sık sık duyduğum için mi? Ama, nedenleri ne olursa olsun diğer insanların acısını paylaşamamaktan üzüntü duyuyorum.

Anneciğim, Aoyanagi istasyonunda geçenleri herhalde hatırlıyorsundur? Gün doğarken demiryolu işçileri kağıtları yakıyordu. Bu, Amerikalı askerlerin eline geçmemesi içindi.

Bu ateşe bakarken yüreğimin öfkeyle dolduğunu hissettim. Ama senin yanında ve orada bulunan diğer insanların yanında ağlamak istemiyordum.

Gözlerimi yukarıya kaldırdım ve benden bir üst sınıfta olan Koike'yi gördüm, Koike allak bullak olmuş, gözleri kıpkırmızı, çantası parçalanmış bir halde omuzunada, ağır ağır gidiyordu. O anda utanç içinde kaldığımı hissettim.

Koike'nin ailesi kesinlikle bizimki gibi değil ve Koike'nin kendisi de Japonya'nın yenilebileceğini kesinlikle hiç düşünmemiştir. Ama, o da ben de, ikimiz de Japonuz. Ben de onun gibi ağlamak isterdim. Aslında bunu yapmayı istedim.

Bütün bu şeyleri düşünürken sana doğru baktım ve çok üzüldüm; üzüntülü göreceğimi zannettiğim suratın tam tersine sakindi, sevinçliydi ve bana : - Ichırô, kim bu, şurada duran? diye sordun.

Sesinde sevecenlikten çok tiksinti tınıları vardı, hatta alay bile sezer gibi oldum. Beni hiç o anki kadar şaşırtmamıştın.

Anneciğim, savaş sırasında babamın ne kadar sıkıntı çektiğini ve savaşın senin saçlarını ne kadar ağarttığını biliyorum. Bana da okulu bırakmaya ve sana birazcık yardım edebilmek için gidip tarlada çalışmaya mal oldu. Dolayısıyla, babamın biraz yüzünün gülmesi, savaşı kaybettiysek de senin de rahat bir soluk alman bana doğal görünüyor, ama bunu öteki insanlara göstermemek gerektiğini düşünüyorum. Bizler de onlar gibi Japon olduğumuza göre, onlar gibi üzüntülü olmamız gerekmez mi? Üzülmeyenlerin en azından ötekilerin üzüntüsüne katılmaları gerektiğini düşünüyorum ve sen anneciğim, sense az önceki gibi şeyler söylüyorsun! Üstelik de eve döndükten sonra başkalarını taklit etmek için üzüntülü bir tavır takındığımı söyleyerek benimle alay ettin.

Özür dilerim anneciğim, sana böyle şeyler yazmak niyetinde değildim, ama öylesine kızmıştım ki sonunda yazdım. Bir başkası olsaydı bu beni kesinlikle etkilemezdi. Çünkü, bunları söyleyen annemdi. Beni anlayabiliyor musun? Ben, annemin her zaman en iyisini olmasını istiyorum. Ve bunun gibi şeyler olduğu zaman, çok üzüntü duyuyorum. Neyse geç oldu, yazmayı burada kesiyorum.

İyi akşamlar, annelerin en değerlisi.

ANNESİNDEN ICHIRÔ'YA

Savaş umulduğundan çok daha önce bitti değil mi? Herkes çok gergindi ve birden savaş bitiverdi; bense hala şaşkındım. Ve bunun üzerine beni allak bullak eden mektubunu aldım.

Bana nedenini soruyorsun.

Bu, günlük mektuplarla, uzun zamandır yazışıyoruz değil mi; savaş yoğunlaştığında bile devam ettik. Ama, tam savaşın bittiği gün böyle şeyler söylemeye başlayacağını ummuyordum.

Ancak, sözünü yerine getirmekle mutlu olan senden gelen bu hareket doğal olabilir, ama bana yine de şok geçirtti. Eski yaşam tarzımıza geri döndüğümüzü hissettiren ilk şey oldu bu.

Şimdi cevabım:

Babanın savaşın bitmesinden büyük bir sevinç duyması doğaldır, ama ben onun kadar sevinemiyorum. Herhalde bu, olayları senin gibi hissettiğim içindir. Ama, Aoyanagi'de çaresiz bir tavırla giden arkadaşını ve sallapati yürüyen seni gördüğümde neden sana gülüyor olayım?

Kendi kendime sana açıklamamı anlatabilir miyim diye sordum. Beni ne zaman üzüntülü bir suratla gördün? Bir filme bakarken rahatlıkla ağlayabilirim, üçüncü bir kişi söz konusu olduğunda hemen acırım. Ama, gerçekten acı duyduğumda, tuhaftır ki bunu hemen gösteremem. Doğal olarak, kavga ettiğiniz zaman da üzülürüm ve bu, özellikle yüzümden okunur. Ama, bu koşullarda bile dışarıdan biri gelse, onu her zamanki yüzümle, gülümseyerek karşılarım, doğru değil mi? Bu böyle. O kadar ki Ofuna'daki büyükbaba beni yalnızca bir kere, büyükannemin öldüğü gün üzüntülü gördüğünü söyler.

Tüm umudumuzu yitirdiğimizde onu ziyarete gittim. Büyükanne sakin bir şekilde uyuyordu. Bunun, onu son görüşüm olduğunu düşünürken, yüreğim öylesine sıkıştı ki kendimde odaya girecek gücü bile bulamadım. Kapının pervazına dayanıp onu seyretmeye başladım. O zaman büyükanne gözlerini açtı ve bana doğru baktı.

O sırada ne yapsam beğenirsin? Büyükanneye komik bir şekilde yüzümü buruşturdum. Lafı fazla uzatmayalım. Büyükanne de, hastalığına rağmen aynı yüz buruşturmayla cevap verdi. Bu, beni yetiştirdiği için, yüreğimi en ince kıvrımlarına kadar tanıyan büyükanneme uygun bir hareketti! Ötekiler sırayla ağlayarak başucuna giderken, ben bir tek damla bile gözyaşı dökmedim.

Büyükannem veda etmek için onları arka arkaya sırayla çağırdı, ama bana gelince böyle konuşmadı. Onun yanına geldiğimde, neşeli bir sesle eski anılardan söz etmeye başladı, sonra, arada bir ikimiz de sessiz kalıyorduk.

Son gece geldiğinde kendimi tutamadım ve eve döndüm. Söylendiğine göre bazıları beni kınamış ve birileri gidip beni aramayı teklif etmiş, ama büyükannem şöyle cevap vermiş:

- Hayır, bu çocuk derin acıları kaldıramaz. Lütfen gidip onu aramayın.

Başkalarına kesinlikle duygusuz görünmüşümdür, ama bende, içimde, böyle davranmama neden olan bir şeyler var. Size her zaman yalın olmayı söyleyen şu annene bak! Ölümünden sonra, bir yıldan uzun bir zaman, büyükanneden söz edildiği zaman hıçkıra hıçkıra ağladığımı hatırlıyor musun? Ölmeden önce o kadar ağlayan teyzelere gelince, artık hiç üzülmüyorlardı.

Başkalarıyla aynı anda ağlayamayan garip anneni bağışla.

Bu nedenle yüzünü acı içinde gördüğümde, isteyerek sana gülümseyen bir yüz gösterdim. Buna duygularının karmaşıklığını tanımamam ve sana güven verme isteğim de ekleniyordu.

Ama, sonuç tersi oldu. Senin gibi yalnızca üzüntümü gösterebilseydim rahatlamış olacaktın diyesim geliyor. Beni affet küçüğüm.

İşte, bende olup bitenleri sana açıkladım. Beni anlayabilecek misin? Büyük insanlardan bile anlayamayanlar oluyor.

Her halukarda kötü bir anne oldum; gelecekte dikkat edeceğim. Savaşın sona ermesini fırsat bilerek, anneciğin daha az karmaşık olmaya çalışacak!

ANNESİNDEN ICHIRÔ'YA

21 Ağustos

Baban Tokyo'ya gitmek istediğini söylüyor. Bana biraz erken gibi geliyor ve bu, beni üzüyor. Sen ne düşünüyorsun? Amerikan birlikleri şehirde; askerler ona kötülük edebilir. Baban açıktan açığa benimle alay ediyor ve korkacak bir şey olmadığını, onların uygar insan olduklarını, bu şekilde davranmadıklarını söylüyor.

Ama bilinmez ki. Kitle psikolojisi etkili olabilir. Savaş zamanında, sıradan zamanlarda yapılması düşünülmeyen şeylerin yapıldığı söylenmiyor mu? Bu yolculuğa karşı çıkmaya çalıştım, peki sen ne diyorsun? Bu akşam yemekte kesinlikle bunu konuşacağız; düşünceni söyleyebilmek için sorunu düşün. Benimle aynı fikirde olman gerekmez. Tam bir tarafsızlık içinde, babanın oraya gitmesinde tehlike olmadığına inanıyorsan, hiç duraksamadan onaylayacağım.

49

ICHIRÔ'DAN ANNESİNE

Babamın yolculuğunu biraz ertelemesini yeğlerdim, çünkü şu ana değin hayatta kalabildikten sonra öldürülmek çok aptalca olurdu. Dolayısıyla, ben de senin fikrine katılıyorum.

50

ICHIRÔ'DAN ANNESİNE

24 Ağustos

Her ne kadar öğretmenimi kesinlikle mükemmel biri olarak görmediysem de, ona hiçbir zaman bugünkü kadar acımamıştım. Nedenini mi soruyorsun? Eh, öyleyse anlatayım, sekiz gün önce şöyle diyordu:

- Japonya ringin kenarına kadar geriledi ve şimdi tek bir vuruşla düşmanını nakavt edecek! Oysa şimdi tam tersini söylemek zorunda kalıyor.

Başlangıçta bu beni kızdırıyordu, ama kendi kendime herhalde öğretmen bunları kendi isteyerek söylemiyor, içten içe utanç duyuyor olsa gerek diye düşündüm; işte o zaman bana acınacak halde geldi. Yine de bütün bunlara rağmen canımı sıkan bir yan kaldı. Bir sefillik duygusu, işte bu. Belki en uygun düşen sözcük bu. Bu noktaya gelmek istemezdim. Belki de bunun böyle olması, senin ve babamın beni korumasından ve büyüklerin bana yalın gelen dünyası hakkında fazla bir şey bilmememden ileri geliyor.

Bununla birlikte, herhangi bir dünyada çok daha fazla cesaretle yaşamak mümkün olmalı.

Tarihte kendi yaşamlarına aldırmayan ve onur için ölen ya da kendilerini ülkeye ya da İmparatora adayan insanlardan söz ediliyor. Şu ana değin, bunu kim olsa yapar diye düşünüyordum ve bu insanları o kadar büyük görmüyordum, ama çevremdekilerin yüreksizliklerini gördükçe diğerlerinin gerçekten ne kadar mükemmel olduğunu şimdi anladığımı sanıyorum.

Bu düşünceler beynimin bir köşesinde gizli mi duruyordu? Beni azarlayacağın bir şeyler daha yaptım. Tahmin ediyorsun değil mi? Evet, yine öğretmenime karşı geldim. Ve bu seferki kötü, çünkü ahlak dersinin öğretmeni.

Galiba dündü. Öğretmen her zamanki 180 derecelik dönüşünü yapıyordu ve ben uslu uslu dinliyordum. Durum acınası olduğu kadar eğlenceliydi de. Ama öğretmen öğrencilere yönelip:

- Size öğretilenleri iyi dinleyip öğrenmelisiniz. Bir kova su ağzına kadar dolu olunca tekrar su konulamaz, gibi sözler edince karşı çıkmaktan kendimi alamadım:

- Evet efendim, çok haklısınız. Ama cıva olsaydı girerdi. Öğrettikleriniz kafamızı dolduranlardan daha iyiyse, kolayca kafamıza girer. Dersleriniz cıva gibi olmalıdır.

Bana çok kötü davrandı ve yine kulağına gidecek diye korktum, zavallı anneciğim! Ama biliyorsun, liseliler bazen böyle aptalca şeyler söylemek için dayanılmaz bir istek duyuyorlar.

Bu sefer, gidip özür dilemek kesinlikle gereksiz. Bunu yalnızca önceden duymuş olman için anlattım!

Beş para etmez oğlun Ichirô.

51

ICHIRÔ'DAN ANNESİNE

25 Ağustos

Tokyo gazetesi Hiroşima'daki atom bombası için bir özel sayı çıkardı. Truman'a göre, Amerika bu yeni silah için iki milyar dolar harcadı, inanılmaz sayıdaki fabrikalarda 185.000 işçi çalıştı. Bombanın incelenmesi ve üretimi savaştan önce, dolayısıyla, Pearl Harbour'dan önce başlamıştı.

Amerikalılar, Pearl Harbour sürprizinden sonra yenmek için baş kaldırmaya mecbur kaldıklarını tekrarlıyorlar.

Bu doğru değil! Amerika hazırlanmıştı; sonra, Japonya'yı zor duruma sokmak ve onu savaşta köşeye sıkıştırmak için her şeyi yaptı. Özellikle onu ambargoyla boğdu. O zaman, aç bir farenin bir kediyi ısırabilmesi gibi, Japonya da sonunda saldırdı.

Pearl Harbour sırasında, gözü pekliğimizden dolayı safça gözlerim kamaşmıştı; sonra, babam hiç de dürüst hareket etmediğimizi açıkladı ve ülkem adına utanç duydum. Birçok eski güncelerimizde, benzeri ani saldırı örnekleri var; bunlar arasında Yamatotakeru no Mikoto'nunki de bulunuyor. Babama göre, Japonların, başarıya ulaşmak için araç seçimi yapmadan yalnızca sonuçla ilgilenme üzerine aşırı doğal bir eğilimleri var. Bundan nefret ediyorum.

Bununla birlikte, Truman'ın ilan ettiği gibi, Amerika atom

bombasını, şimdiki savaşı önceden görerek 1940'da hazırladıysa, utanmak ona düşer. Saf ve çabuk kızan Japonlar, Amerika'nın dalaverelerinin kurbanı oldu; şimdi de çok daha güçlü rakipleri tarafından yenildi.

Anneciğim, gerçekten çözümsüz! Amerika, barışa her şeyden önce önem verdiğini söylüyor; ama olanlara baktığımızda ona güvenemiyoruz.

52

ICHIRÔ'DAN ANNESİNE

27 Ağustos

Bir gazetede çalışan Bay F. bana Hiroşima'nın fotoğraflarını gösterdi. Yanmış topraklar ve yıkıntılar arasında bir tek baca kalmıştı. Bir şehir birkaç saniye içinde nasıl yok olabilir?

Hiroşima'da bizim gibi birçok genç öğrenci olsa gerek; muhtemelen hepsi öldürüldü; yalnızca fabrikalar değil, hiçbir ev kurtarılamadı.

Müttefikler çok geçmeden ayrılacaklar; arkadaşlarım, savunmasız bu kadar insana hiç tereddüt etmeden saldıran Amerika'nın, yeni her türlü canice işe girişeceğinden korkuyor.

Bunu babama söylediğimde, babam Amerikalıların uygar insanlar olduğunu, dolayısıyla tehlikeli olmadığını söyledi, ama kötülük, uygarlarda üstü örtülü, ve bu, hepsinden daha kötü değil mi?

En çok korkanlar da kızları olanlar; Yamadalı kuzinler, yangınlara rağmen şu ana değin ayrılmadıkları Kawasaki'den buraya gelecekler; işgal, bombardımanlardan daha çok korkutuyor. Ne dersin anneciğim? Babam şu ana dek öngörüşlerinde hiç yanılmadı; savaşın Japonya'nın sonu olacağını söyledi. Şimdi de Çin'de ve Filipin'de vahşetle davranan Japonların, Amerikalıların da aynısını yapacağını sandıklarını, ama bunun yanlış olduğunu söylüyor.

Babam düşmanlarımıza aşırı değer vermiyor mu? Akşam gazetesinde işgalcilerin gözlemlenmesi gereken tavırlarına ilişkin makaleyi okudun mu? Aynı işaretler polis tarafından da verilmişti:

1- Kişisel ilişkilerden olabildiğince sakınmalı.

2- Bir Amerikalı konuşmak isterse, ona sakin bir şekilde cevap vermeli; korkmamalı ve kaçmamalı.

3- Kadınlar kapalı bir şekilde giyinmeli ve seslenmelere (Hey! ya da Hello!) cevap vermemeli.

4- Kadınlar tek başına sokağa çıkmaktan olabildiğince kaçınmalı, özellikle de gece çıkmamalı.

Bütün bunlar, her şeye rağmen, işgal birliklerine hiç de güven duyulmadığını gösteriyor.

53

ICHIRÔ'DAN ANNESİNE

2 Eylül

Bugün kapitülasyon imzalandı. Japonya ilk kez yenildi. Bu denli korkunç bir dönemi yaşamak ne dehşet verici! Ne yapacağız? Birçok fabrika kapanıyor, birçok arkadaş durumlarının değiştiğini görüyor. Annelerinin, babalarının yaptığı işe göre bazıları umutlu olabilir; diğerleriyse, tam tersine, okulu bırakmak zorunda kalacak. Bu tür gerginliklerden sonra herkesin özel sorunları olması doğal, ama aylarca aynı tehlike altında birlikte yaşadıktan sonra, arkadaşlarımın oraya buraya dağılmasına üzülüyorum.

Bizler göçmeniz; dolayısıyla, er ya da geç Tokyo'ya dönmemiz gerekecek; şimdilik bunu engellemeyi yeğlerdim ve babamın Tokyo'ya dönmek için neden acele ettiğini anlamıyorum.

54

ICHIRÔ'DAN ANNESİNE

10 Eylül

Bay Oguchi, büyüklerinin Hiroşima'da öldürüldüğü kuzenlerinden birinin onun yanına geldiğini söyledi; kuzeninin oradan getirdiği bir şişeyi gördüm. Bombanın ısısıyla karamel, gibi bükülmüş.

Yoshio adındaki bu kuzen felaket sırasında rastlantı sonucunda bir arkadaşının evindeymiş ve burnu bile kanamamış; ama annesi, babası ve kız kardeşi ölmüş. Kuzen, evin olduğu yerde bu şişeyi bulmuş; onu tek anı gibi saklıyor.

Zavallı Yoshio! Daha ilkokulun 5. sınıfında.

Hiroşima'nın nüfusu 250.000'di: 30.000'i öldürüldü, 160.000'i bombadan yaralandı. Bay Oguchi aslında kurban sayısının çok daha yüksek olduğu kanısında, babası, patlamadan bir hafta sonra ölü sayısının 60.000'e çıktığını, yaralı sayısınınsa günden güne arttığını iddia ediyor.

Çünkü yanıklar, ölümcül kan kanserine neden oluyor. Ayrıca, bombanın etkisi uzun zaman sürüyor; bütün nesneler ve toprak onun yayıntılarının izini taşıyordu; patlama sırasında yanmama şansını yakalayanlar daha sonra dolaylı olarak gelen radyasyonlardan rahatsızlıklar duydular. Korkunç! Söylendiğine göre, deri, bir yanık sonrası olduğu gibi tümüyle soyuluyormuş.

Yıkıntıları toplamak için görevlendirilen sağlıklı insanların aynı hastalığa yakalanması bunun kanıtı.

Yine söylendiğine göre şimdilik herhangi bir rahatsızlık hissetmeyenler de bundan kurtulduklarından emin değillermiş, çünkü iç kanama geçirebilirlermiş. Gerçekten sıkıntı verici ve Hiroşima'dan uzakta yaşayan bizler bile kaygı duyuyorsak, kim bilir orada yaşayanlar ne haldedir! Bay Oguchi birçok insanın yüzünün bakılamayacak kadar bozulduğunu söyledi.

Anneciğim, bu bir daha hiç olmasın!

55

ICHIRÔ'DAN ANNESİNE

1 Ocak

Sevgili anneciğim, işte Yeni Yıl, barış Yeni Yılı.

Yiyecek çok güzel değil ve anlaşmanın ne zaman imzalanacağının bilinmediği söyleniyor, ama her şeye rağmen bu yeni yılda biraz daha rahat soluk alıyoruz. Biz farkına varmıyorduk ama savaş, ağırlığını, hepimizin üzerinde yoğun bir şekilde hissettiriyordu.

Geçen Yılbaşı bana sakin görünmüştü, ama bugün düşündüğümde, doğrusu çok sinirliydik.

Beş yıldır ilk kez, tüm aile bir arada, rahat olduğumuzu hissediyorum

Savaşı düşündüğümde, kendi kendime bütün olup bitenlere dayanabilmiş olmamızın ne de olsa şaşırtıcı olduğunu söylüyorum. Hepimizin gergin olduğu, her gün haberleri beklediğimiz o dönemdeki olaylar bana korkunç bir karabasan gibi geliyor. En korkuncu da öğretmenlerin ve özellikle de köylülerin saldırgan tutumları. Mashino'ya kadar gidip de size birkaç patates versinler diye eğilmek, eğilmek, yine eğilmek gerektiği zaman! Yalnızca aklıma geldiğinde bile yüreğim kabarıyor. Bütün bunlardan dolayı acı çekmek şaşırtıcı. Babamla benim, köylülerle ya da belediye başkanıyla kavga edeceğimizden ve senin katlardığın zahmetlere, geleceğe inancına rağmen dövüşeceğimizden eminim! Tükenmeyen sabrın sayesinde kendimi tutabildim ve çabalarının boşuna gitmediği için de olsa, başkalarının tersini düşünmesine rağmen, kapitülasyonu kabul ettiği için İmparator'a içten içe gönül borcu duyuyorum.

Yeni yıl için kararlar yılbaşında alınıyor. Ben de tasarılarımı yaptım.

Savaş yıllarını kaybetmek çok yazık ve dolayısıyla, iki misli çalışacağım. Seni düş kırıklığına uğratmamak için ve gerçek bir erkek olmak için. Bunun kolay bir iş olmadığını biliyorum, ama savaş sırasında dayanabildiklerimizi düşündüğüm zaman yeryüzünde olanaksız çok büyük şeyler olmadığına emin oluyorum.

Öyleyse, yapabileceğim tasarıları görmek için gelecek Yeni Yıla kadar bekle.

Hava git gide soğuyor; hasta olma sevgili anneciğim.

Bir yaş daha büyüyen oğlun Ichirô.

ANNESİNDEN ICHIRÔ'YA

Yeni yılın kutlu olsun! Yeni yıl için en iyi dileklerimi iletirim! Savaşsız bir yeni yıl ne güzel! Bana en çok mutluluk veren, şimdi korkmadan büyüdüğünüzü görebileceğimi düşünmem. Japonya da kesinlikle değişecek, kesinlikle daha iyi olacak. Japonya'nın böyle bir döneminde büyüdüğünüz için şanslısınız. Daha erken doğmuş olsaydınız, yetişkinlik döneminizin değerli bütün zamanı savaşa harcanmış olacaktı.

Bu yeni yılbaşı döneminde sana bir eleştiride bulunmam gerekiyor: Her konuda bana hayran olduğunu söylüyor ve minnetini ifade ediyorsun. Yaptığım her şeye teşekkür ediyorsun.

Bundan içtenlikle duygulanıyorum, ama annenin olağanüstü bir kadın olduğunu düşünmemen gerekir. Her zaman söylediğim gibi, yanılsama içindesin! Annen tümüyle sıradan bir anne.

Haydi, ilk düşünde kayak gör!

Oğlunun büyüdüğünü görmekten mutlu olan sıradan annen.

56

ICHIRÔ'DAN ANNESİNE

Anneciğim, bu sıralar canım çok sıkılıyor. Çünkü İlk Çağ'dan beri, tarihi kişiler tarafından söylenen atasözleri ve özdeyişler yalanlanıyor, doğrunun nerede olduğunu bilemiyorum. Örneğin, tam birileri size "Akıllı adam beladan kaçar" derken, olağanüstü birinin: "Kaplanın inine girmeyen yavrularını yakalayamaz" dediğini duyuyorsunuz.

Sen, kesinlikle "tehlikeden kaç"ı yeğlersin, ama benim için bu o kadar basit değil.

Bunu düşündüğüm zaman, akıl yürütmelerin, her türlü duruma uygulanabilmesi için uydurulabilen bir şeylermiş gibime geliyor. "Bir insan, bir şeyi nasıl görmek isterse öyle görür" denir ve bu çok doğru. "Seven yüceltir", hemen ardından da "Yüceltmeyen öfkelenir" denmez mi... Başkaları da var: "Nara dokunanın parmağı kızarır", ama Rongo[1]: "Bilge, insanlara eleştirme-

1 Konfüçyus'dan Lang-Yü. Ichırô'nun alıntı yaptığı atasözleri ve özdeyişler Çin Klasik yapıtlarından gelmektedir.

den karışır, aptal karışmadan eleştirir" diyor. Kuşkusuz ben Bilge değilim, ama öyle olmaya çalışmakta bir kötülük yok değil mi?

Daha birkaç gün önce nerede olduğunu hatırlayamadığım şu öyküyü okudum. Öğretmen öğrencilerini toplayarak demiş ki: "Kötü arkadaşlarla oynamanızı yasaklıyorum". Ertesi gün kötüleri çağırmış ve onlara çıkışmış: "Gerçekten dayanılmaz çocuklarsınız; iyi çocuklarla oynayın ve onlardan iyi örnekler alın". Bu, gülerek dinlenen sıradan bir öykü, ama değerlendirme tarzına göre, çözümlenmesi zor bir sorun çıkarıyor gibi. Sana "Ya sen anneciğim , sen ne yapardın?" diye sorardım, ama çocuklarının Japonya'nın en iyi çocukları olduğunu sanan bir annem var...

Bununla birlikte, dikkat edilecek olursa, günlük yaşamda bu tür o kadar garip şey var ki, insan hayret ediyor. Sonuç olarak ne tarafa yöneleceğini şaşırıyor. Düşünüldüğünde, yüceltilen özdeyişlere ne de olsa fazla güvenilemeyeceği anlaşılıyor. Sanki, eskilerin her biri yaptığının en iyisinin kendisininki olduğuna inanmış; sen öyle düşünmüyor musun? Anne kaplan tarafından görülmeden kaplan yavrusunu ustalıkla alabilen, "Kaplan inine girmeyen vb..." derken bir atın yanından geçerken çifte yiyen "Bilge beladan kaçar!" diye bağırıyor.

Eskiler istedikleri kadar mükemmel olsun, bir birey bütün koşullara kolaylıkla uygulanabilen gerçekleri açıklayamıyor. Dolayısıyla, bu, yalnızca onun öğütlediğinin doğru olduğunu sanmasından ileri gelmiyor mu? Hal böyleyse, ben de koşullara göre kendi gerçeğimi bulmak isterim.

Ama, bütün bunları söylerken, kendimden pek emin olduğumu hissetmiyorum. Pek ala rayımdam çıkabilip, başka şeylerle çarpışabilirim. Dolayısıyla, anneciğim, kazaları engelleyebilmek için bana elinden geldiğince yardım et. Ama, lütfen, her an frenleme! Treni yürüten benim; sen yolu yapan işçi olacaksın. Rayları iyi döşe ve beni, son istasyona kadar kazasız belasız götür.

Sana bütün bunları herhangi bir amacım olmadan sakin kafayla yazdım, çünkü bütün ödevlerimi bitirdim.

Öyleyse, good night, to my dear mother

Your loving son

Ichirô.

57

ICHIRÔ'DAN ANNESİNE

10 Mart

Az önce, gülerek, arkadaşlarımın sırayla beni görmeye geldiklerine dikkatimi çektin. Doğru. Çok fazla samimi olmadığım çocuklar bile beni ne pahasına olursa olsun gelip görmek istiyor. Bil bakalım neden?

Bana değil, kitaplarıma geliyorlar.

Son zamanlarda bir okuma ateşi var ve herkes kitap istiyor. Ne yazık ki, kitapları yok, satın alacak paraları da yok. İşte böylelikle, zorunluluktan dolayı buraya geliyorlar.

İyi kitaplarım olduğu söylentisi yayıldı. Bizde, öğretmenlerin önerdikleri ya da arkadaşlarımın ilginç olduğunu duydukları hemen hemen bütün kitapların olduğu doğru.

Bizde, iyi kitapların olduğunu, şimdiye değin fark etmemiştim. Ama ben, bu çok değerli kişi, bu kitapları okumak yerine basketbol ya da beyzbol oynamayı yeğliyordum. Bunu söylemek bana utanç veriyor, ama gerçek bu. Bu aralar, arkadaşlarımı örnek alarak biraz okumaya başladığım doğru.

Arkadaşlarım, benim okuma isteği özürlü olduğumu söyleyerek alay ediyorlar, ama dışarıda hava çok güzel olduğu zaman evde oturup okumayı yeğleyecek noktaya henüz gelmedim. Bu nedenle, ötekilerle karşılaştırıldığında, belki iki üç yıl geride olduğumu düşündüğüm de oluyor. İlkokulun 5. ve 6. sınıflarında Fujita gibi tipler uçak modellerine deli oluyorlardı, ama ben bu makinaları yapmanın neresi eğlenceli, bir türlü anlayamıyordum. Sonra liseye girdiğimde birden, uçak yapma isteği duydum ve bir alay uçak yaptım. Sporlar için de aynı durum. Demek ki, iki üç yıl içinde ben de, ötekilerin bugün yaptıkları gibi burnumu kitaplara gömeceğim.

Bununla birlikte, anneciğim, bak aklıma bir başka düşünce daha geldi. Sen istediklerimi bana her zaman verdin. Hatta bazen, ben söylemeden bile. Öyleyse bu, "İştahımı kaybettiğim" için (bu deyim burada biraz tuhaf kaçtıysa da) olmasın. Örneğin bugün, beyzbol için kullandığım nesneleri ben daha ilkokuldayken almıştın. Uçakları yapmak için anaokulunda olduğu gibi. Kitaplarıysa herhalde ben yirmiden az istediğim için çok az aldın. Kimi zaman, içimden delicesine bir okuma isteği geliyor, ama hangi kitabı seçeceğimi düşündüğümde o kadar çok kitap var ki nefret ediyorum ve hepsini olduğu gibi bırakıyorum. Kitap, kitap, yine kitap, tıka basa doyuyorum. Böylesine tiksinmiş gibi davrandığım için özür diliyorum, ama gerçekten böyle hissediyorum.

Bunu kendimi bağışlatmak için söylemiyorum, arkadaşlarıma kütüphane memurluğu yapmaktan memnunum. Çocuklar okudukları kitapları geri verirken teşekkür ettikleri zaman ben de aynısını yapmak istiyorum.

Kitaplar herhalde evde kalıp nöbet tutmaktansa, okunmaktan mutludurlar.

ANNESİNDEN ICHIRÔ'YA

Arkadaşlarına kitaplarını vermen çok iyi. Bunu olabildiğince çok kişiye yap. Çok kitap verirsen bir liste tut ve kitabın geri verileceği tarihi sapta. Böyle yapmazsan çabuk kaybolurlar ve diğerlerine daha az kitap kalır. Evde daha çok yer olsaydı, ilkokul öğrencileri için bir çocuk kütüphanesi kurmak isterdim. Kinji'nin arkadaşları dergi bulmakta çok zorlanıyor; burada olan eski sayıları bile okuyabilmekten memnun olurlardı. Ama şimdi olanaksız; dört çocuğumla şimdiden ev sahibiyle başım dertte. Başka çocuklarım olursa ne der.

Sana zamanından önce verilen nesneler konusunda çok haklısın. Senin bakış açınla, kesinlikle böyle görünüyor olmalı.

Oysa işin gerçeği; her şey giderek daha az bulunduğundan hiç bulunamama olasılığı vardı; ihtiyacın olduğunda buna çok canın sıkılacağını düşünerek elime geçeni almakta acele ettim. Ama, söylediğin doğru. İlerde dikkat etmeye çalışacağım.

Seni iyi bir ortamda büyütmeyi düşünüyordum, tersi oldu. Amacıma ulaşamadım. Buna benzer başka şeyler de fark edersen söyle. Bu yalnızca senin çıkarına olmayacak, üç küçüğün yanı sıra bana da yararlı olacaktır.

58

ICHIRÔ'DAN ANNESİNE

Anneciğim nihayet buluğa erecek miyim?

Durup dururken böyle bir soru sorduğum için bana neler olup bittiğini soracaksın.

İlkokulu bitirirken müdürümüz bize demişti ki:

- İki üç yıl içinde annenize, babanıza karşı başkaldırmaya ya da onlarla alay etmeye başlayacaksınız. O sırada ben, bunu hiçbir zaman yapmayacağımı söylemiştim ve yakın bir tarihe kadar da sana karşı başkaldıracağımı ya da seninle alay edebileceğimi aklımdan bile geçiremiyordum. Ama, son zamanlarda durum biraz farklı.

Doğal olarak, bunlar benimle ilgili şeyler olduğundan sana gösteremiyorum; yine de sende hoşuma gitmeyen birçok yan var. Açıkçası, şimdi bile seninle alay etmeyi en ufak bir şekilde düşünmem, yine de benim için, artık eskiden olduğu gibi artık her şeyim değilsin gibi geliyor.

Sana böyle sözler söylersem, acı çekeceksin, ben de bunu düşündüğümde hiçbir şey söyleme isteğini duymayacağım. Bununla birlikte, bu, bastıramadığım bir duygu. Bu, buluğa erişen bütün erkek çocukların başına gelir mi? Evetse bence çok üzüntü verici ve nefret uyandırıcı. Ben ki, bunun, başıma hiç gelmeyeceğini sanıyordum!... Bir çatlaktan girercesine hafif bir esintinin girdiği kalbimi düşündüğümde kendime olan bütün güvenimi kaybediyormuşum gibime geliyor.

Belki de bütün bunları yazmamakla daha iyi ederdim. Ama, bu küçük akımın seninle aramıza girdiğini hissetmeyi hoş göremem. Ve bunu tek başıma engelleyemediğimden anneciğim, senin de kendi hesabına bu yarığı tıkamana yardımcı olmanı istiyorum. Olayları olduğu gibi bırakırsam, çatlağın giderek genişleyip büyümesinden korkuyorum.

Çok meşgul olduğunu biliyorum, ama ne olur, Ichırô'nu rahatlatmak için çabuk yaz.

Bu küçük esintiyle nezle olmaktan korkan Ichırô'n.

59

ICHIRÔ'DAN ANNESİNE

10 Mayıs

Senden Kinji konusunda bazı ricalarım olacak.

Katakura parkında ben, Mokkin, Yoshii, Satake, Takashi'yle top oynuyorduk, Kinji gelip bizimle oynamak istediğini söyledi; onu da oyuna aldık. Oysa, Kinji, Takashi'ye, bizim yaptığımız gibi "Takashi!" diye hitap etmeye başladı. Takashi bizden bir aşağı sınıfta ve Mokkin'in kuzeni, dolayısıyla, bizim onu adıyla çağırmamız normal, ama Kinji'nin bizim gibi yapmaması gerektiğini düşünüyorum.[1] O, daha ilkokul öğrencisi. Bu konuda onun dikkatini çektim, ama bana: - Ha! işler yolunda! diye cevap verdi ve hiçbir şey olmamış gibi tavrını sürdürdü.

Bu benim için can sıkıcı, bu konuda onunla lütfen konuşur musun?

ANNESİNDEN ICHIRÔ'YA

Kinji'yle, Takashi-san'a kısaca "Takashi" demesi konusunu konuştuk. Kinji, bana yalnızca iki, üç kez öyle dediğini söyledi. Kinji kuş beyinlinin biri, aranızda yaşı küçük olanın bir tek o olduğuna dikkat etmeden sizi taklit etmiş olmalı. Bir daha öyle yapmamasını söyledim ve bana: - Peki anneciğim! dedi. Zannediyorum olay kapandı.

Sen Kinji'yi bilirsin. Kötü bir şeyler yaptığı zaman, bunu hemen kabul edebilen bir çocuk değildir. Onun en büyük hatası

1. Japonya'da, yaşça büyük olanlara "Bay, Bayan" anlamına gelen "Sama" ya da "San" diye hitap etmemek terbiyesizlik sayılır.

burada: hatalı olduğunu açıkça itiraf edemiyor. Bu zamanla değişir, daha şimdiden oldukça iyi aşamalar var. Biraz daha sabret.

60

ICHIRÔ'DAN ANNESİNE

Anneciğim, bugün neden Kakizakilere gitmedin? Geçen günden beri oraya gideceğim diye seviniyordun. Suwa'da hiç hoşuna gidecek bir şeyler yoktu ve oraya gitmenin senin için bir zevk olduğunu biliyorum. Bu nedenle, bugün liseden erken döndüm. Sınıfın temizliği için nöbetçiydim, ama eve, sen gitmeden önce dönersem gönül rahatlığıyla gidebileceğini düşünerek, Hirazawa'dan benim yerime kalmasını istedim. Ama sen buna rağmen gitmedin. Bu beni kızdırdı.

Yalnızca öyle uygun gördüğün için gitmemiş olsan neyse, ama bir de babam geldiği için gitmedin değil mi? Babam çok az erken gelse bile, zamanını istediğin gibi kullanamayışını gerçekten acı verici buluyorum.

Durum böyleyse, kadınla erkeğin eşitliğine doğru aşama kaydettiğimiz bu çağda bizim evde olanlarla köylülerinki arasında ne fark var? Babam özgürlükçü ve feminist biri, değil mi? Dolayısıyla, benzeri şeyler bizim evde yinelendiği zaman bu bana şok geçirtiyor. Bu, babamın hatası olabilir, ama bunda biraz senin de sorumluluk payın yok mu? Babamı çok şımartıyorsun. Kendine hiç önem vermeden en başta hep bizleri düşünmenden dolayı sana her zaman gönül borcu duyuyorum, ama bunu, yetişkin bir insan olan babama varıncaya değin yapman gerekli mi?

Bana, beni ilgilendirmemesi gereken işlere burnumu soktuğumu söyleyerek cevap vereceksen, söyleyecek bir şeyim yok, ama, gerçekten, davranışın beni çileden çıkartıyor!

Rica ederim, biraz kendi isteğine göre davran. Bunun için

evde kalmak ya da başka bir iş gibi yapılması gereken herhangi bir görev varsa, sevinçle üstlenirim.

Sana böyle kafa tuttuğum için beni bağışla.

Eve gelmesi hiçbir işe yaramadığı için
homurdanan Ichirô'n

ANNESİNDEN ICHIRÔ'YA

Sana bu sabah, gitmeden önce söylemeliydim; Kakizakilere gitmeyi düşünüyordum, ama doğrusunu söylemek gerekirse henüz kesin karar vermemiştim. Sana hiç söz etmemekle hata ettim.

Kendi yerine birinin kalmasını istemenden ve benim de gitmememden dolayı kızmış olduğunu anlıyorum. Özür dilerim.

Aslına bakarsan, babanla sohbet ederken içimdeki gitme isteği kayboldu. Dolayısıyla, evde kalmak, Kakizakilere gitmekten daha çok zevk verdi; dışarı çıkmadıysam, babanın yüzünden değil, canım öyle istediği içindi.

Ama, bugünkünü bir yana bırakırsak, kendimi genellikle ikinci plana atmam konusunda galiba haklısın. Bu aralar ben de aynı şeyi düşünmeye başladım. Kendi kendimi düzeltmem gerektiğini söylüyordum, ama bir günde olmuyor.

Senin de söylediğin gibi, bu, babandan çok benim hatam. Huyum böyle, ama aynı zamanda yetiştirildiğim ortamdan da kaynaklanıyor.

Benim okulu bitirdiğim dönemde, üniversite mezunu bir kız olmak büyük bir olaydı. Böyle herkesçe tanınan birilerini gelin olarak almaktan korkuluyordu. Ama benim içinde bulunduğum grup, onların yanıldığını göstermeye, üniversite mezunlarının da diğerleri kadar iyi kadın olabileceğini yemin etmişti.

Kadın üniversitesine girmek istediğim zaman, büyükbabam Hatakeyama'nın yaşlı dostu Bay Sanji Mikami beni onaylamış, nişanlanırken bana:

- Evlendiğinde kocana onun şanslı olduğunu göster, demişti. Onunla iyi ilgilen, bilgini ön plana çıkarma. Aranızda fikir ayrılığı olursa, lütfen ona ayak uydur ve bilgili bir kadının da evinde huzuru sürdürebileceğini kanıtla.

Bu, bugün gülünç geliyor, ama üniversite mezunu olduğu için, böylesi bir engelle evlendi annen. Ve işte, böylelikle, "uysal ve boyun eğen" kadın kariyerime başlamış oldum!

Geçen akşam, babanın, akşam yemeğinde tam olarak ne zaman bilmiyorum, ama gülerek: "Mikami-San!" dediğini hatırlıyor musun? Mikami-San, bunu kendisine hak verilmesini istediği zaman söyler. Bunu söylediği zaman, ben hemen bir adım geri atarım!

Sana bütün bunlar saçma ve insanı çileden çıkarıcı görünebilir.

Ama asıl ilgili kişi için, bu, senin zannedebileceğin kadar kötü değil. Bunu sana nasıl anlatmalı? Her ne kadar erkekler kendilerine uygun olanı yapıyorlarsa da, belki de ben iyi bir eş olmaktan içten içe bir memnunluk duyuyorum. Geçen gün M.K.'nin, Bayan Hanako Muraoka'yı, senin gözünde son derece nazik olan bu kadını, radyo yayınında gözlerinin önünde açık konuşmaya zorladığını hatırlarsın. Bu kadar önemli toplumsal rolü olan bu kişinin evine girdiği andan itibaren mükemmel bir eş olduğunu söylüyordu. Eh işte, bunu duyduğumda, M.K. kadar heyecanlanmadım. Neden? Çünkü, Bayan Muraoka'nın bundan memnunluk duyduğunu sanıyordum. Hiç kuşkusuz o, hatırı sayılır bir kadın. Bu, evin içinde mükemmel bir kadın olmayı aşağılayıcı bir durum olarak görmesi ya da tam tersine bundan mutluluk duymaması için bir neden değildir.

Henüz ergenlik çağına erişmediğin için bu tür şeyleri sana boşuna söylüyorum, belki bunları çok iyi anlayamayacaksın. Yine de bu böyle, dolayısıyla, annen için fazla öfkelenme.

Bütün bunlara rağmen son zamanlarda şunlar aklıma geliyor: Bu şekilde yaşamak benim için güzel olabilir, ama günümüzdeki bütün kadınlara salık verilecek bir durum değil. Bu nedenle ben de "ben"imin bütün özgürlüklerden yararlanabilmesi için elimden geleni yapacağım. Bu, büyüklerin gençlere karşı görevi.

Dün olanlar için yeniden özür dilerim!

ANNESİNDEN ICHIRÔ'YA

7 Temmuz

Babanın mektubunu okudun mu?

Bunu söylediğine göre, senin de bunu yapmaya hazır olman iyi olur.

Seni zorlamak istemiyorum, ama onunla aynı düşüncede olmandan mutluluk duyacağım.

Babanın mektubunu okuduktan sonra, aynı kanıdaysan ve geleceğini düşünerek büyük bir çaba göstermek istersen, gerekeni yapacağım ve bir öğretmen arayacağım.

Burada, Matsumoto Süper Lisesi'nin sınavını geçmek bile sizi sıra dışı bir öğrenci yaparken, Tokyo Süper Lisesi'nin sınavlarını geçmek için ciddi bir çaba harcaman gerekir.

61

ICHIRÔ'DAN ANNESİNE

8 Temmuz

Seni düş kırıklığına uğratacak bir tarzda cevap vereceğim. Şimdiden özür diliyorum.

Yalnızca babamın mektubunu okumakla kalmadığım gibi, her ne kadar bana nasıl istersem öyle yapmamı söylesen de, bir çaba harcamamı ve beni Ikkô sınavına yazdırmayı, içten içe istediğini de biliyorum.

Ne var ki, cevabım: İstemiyorum.

Benim için çok şeyler yapan sana karşı böyle bir cevap vermek canımı sıkıyor, ama şu sıralarda bir sınav için inekleme isteğini duymuyorum.

Bunun gibi bir taşra kasabasına tıkılıp kaldığımızdan, Ikkô'ya başvurabilmek için ölesiye çalışmam gerektiği çok açık. Öyleyse, eğitim reformu neye yarıyor? Üniversite çeteleri yavaş yavaş kaybolacak. Bu durumda, Ikkô sınavına hazırlanmam için neden köpek gibi çalışayım? Bu ancak geçmişin kalıntılarını kovmaya yarar. Suwa Lisesi gelecek yıl süper lise derecesine yükseltilecek. Dolayısıyla, hepimiz, buradan kıpırdamaksızın kendiliğinden süper lise öğrencileri olacağız. Tokyo'ya gitmek için Suwa Süper Lisesi'ni bitirmiş olmak çok geç olmayacak.

Okulumuza sonunda alıştım ve burada, çok fazla tasalanmadan, biraz daha dinginlik içinde yaşamak istiyorum. Gerçekten, yeni yetişmekte olan çocuk yaşamımı yaşamak istiyorum.

İçten içe duyduğun umuda karşı gelen bu cevabım için beni bağışlamanı rica ediyorum.

Sonunda savaşın ağır ve silinmez baskısından kurtulduktan sonra, böyle bir köleliğe yeniden katlanabileceğimi sanmıyorum. Lütfen, kendini benim yerime koy!

Beni sınav sorunu dışında çalıştırmak istiyorsan bunu yapmaktan mutluluk duyacağım. Yalnız, bunun, bütün dinlenme saatlerimi yok etmemesi için, gerektiği şekilde düzenimi kurmama izin ver.

62

ICHIRÔ'DAN ANNESİNE

15 Ekim

Anneciğim, bugün sen yokken, hiç hoşuna gitmeyen bir şey yaptım. Kinji'yle kavga ettim. Ve sonunda ona bir yumruk attım. Alnındaki, sorduğun şiş bu yüzdendi. Kinji hiç cevap vermedi ve alnını ovuşturmakla yetindi değil mi? Bunu benim yaptığımı söyleseydi, ben de onun yaptığını anlatacaktım, ama sustuğu için hiçbir şey söylemedim. Kavgamızın nedeni, Kinji'nin topunu alıp, Mokku'yla Katakura apartmanının önünde oyun oynamamdı. Diğer arkadaşlarda bize katıldı ve voleybol oynamaya başladık.

Bunun üzerine Kinji de geldi ve bizimle oynamak istedi. Kabul ettik, ama bizimle onun arasında boy farkı olduğundan, Kinji topu hiç yakalayamıyordu.

Az sonra, tek başına oynamak istediğini söyleyerek topunu geri istedi.

Ondan gelen böyle bir tavır karşısında şaşırmıştım. Ama yapacağımız başka bir şey olmadığından topunu verdik ve başka bir oyun oynadık. Kinji topuyla yanımızda biraz oynadı, sonra topu alarak gitti. Topu bize bıraksaydı bir set daha voleybol oynayabilirdik, ama Kinji'nin topu yanında götürmesi gerekti!

Çok utanmıştım ve eve girdiğimde onu azarladım. Kinji bana, top, kendisinin olduğuna göre onunla oynamasında hiçbir kötülük bulunmadığını söyledi. Özür dilemesi için boşuna diret-tim, o, bunu yapması için hiçbir neden olmadığını söyleyerek kesinlikle reddetti. O zaman kan beynime sıçradı, ve ona bir yumruk indirdim. Sorun top değildi, bu kadar bencil olabilece-ğini düşünemiyordum.

Ama ona vurduktan sonra, kendimden nefret ettim. Ve üste-lik, Ona vururken karşı çıkmadığını ve sen sorduğunda söyleme-diğini görünce içimden ona bir acıma duygusu yükseldi. Şimdi, ona vurduğuma pişmanım, ama onunla birlikteyken hep kendimi tutmak zorunda kaldığımdan bunun gibi bir nedenle sonunda pat-lak verdi. Lütfen beni affet.

Herhangi biri kadar demokrasi uygulayabildiğimi sanıyor-dum, ama sıradan olayların dışında bir olay ortaya çıkıverdiğin-de barbarlık yeniden kendini gösteriyor.

Bir kez daha ciddi ciddi özür diliyorum.

63

ICHIRÔ'DAN ANNESİNE

3 Şubat

Eve geldiğimde o kimdi? Herhangi bir demokratik mekaniz-manın yönetici komitesine katılmanı rica ediyorlardı; sen, baba-ma danışacağını söylüyordun.

Geçen gün de, Shin-Shû akşam gazetesinden gelip bir Za-dankay[1] da yer almanı istediklerinde babamla konuşacağını söy-ledin.

1 Bir gazete ya da dergi tarafından çağrılan insanların biraraya gelerek önce-den belirlenmiş konuları tartışması. Bu tartışma daha sonra gazetede yayınla-nır.

Anneciğim, bütün bunlar beni çok şaşırtıyor. Sen kendi toplumsal konumu olan bir kadınsın, savaş sırasında başkalarının fikrini sormadan her işi tek başına yapıyordun. Öyleyse şimdi, söyle, neden en ufak bir konuda babama danışıyorsun? Tokyo'dan geldiğinde, evde çok az bulunduğu gerekçesiyle babamın bütün isteklerine boyun eğiyorsun. İtiraf etmeliyim ki, bu benim hiç hoşuma gitmiyor, ama sen böyle mutluysan, bir şey diyemem. Bununla birlikte, babam, bugün olduğu gibi evde olmadığında neden kendi kararlarını kendin vermiyorsun.

Seni böyle görmek, sana olan düşüncelerimin yüceliği oranında hoşuma gitmiyor anneciğim, biraz daha bağımsız hareket et! Bu aralar, sana şunu yap, bunu yap demekten başka bir şey yapmıyorum! Özür dilerim. Ama bu, herkesinkinden daha iyi bir annem olduğu içindir ve bugünkü gibi bir olay olduğunda bu beni korkunç üzüyor. Bana, babama bağımlıymışsın ya da onun hizmetçisiymişsin gibi geliyor, bu bana acı veriyor. Çok rica ederim, benim çok değerli annem olduğunu unutma.

Senden hep istekte bulunduğum için beni bağışla!

ANNESİNDEN ICHIRÔ'YA

Sen bana söylemeden önce bile, ben böyle cevap verdiğim için dilimi ısırmıştım. Artık olduğuna göre, onu öyle bıraktım.

Cevabıma senin gibi bir çocuk bile şaşırdığına göre, adam fazlasıyla şaşırıp "Amma eski tip aile" diye düşünmüştür.

Doğrusunu söylemek gerekirse, senin de bildiğin gibi bu tür derneklerde çalışmayı fazla sevmiyorum. Pek bir işe yaramıyorlar. Ne cevap vereceğimi bilemediğimden öyle söyledim. Taşrada söylenebilecek en iyi bahane, "kocam istemiyor"dur. Söz konusu gruba gelince, babana sormadan cevap veremeyeceğim doğru. Bu komitenin düşüncelerimie cevap veremediği oranda tedbirli olmam gerekir: “demokratik” etiketini kendine bayrak eden birçok dernek var.

Zadankay konusunda kabullenmeyişimi hatırlaman beni eğlendirdi. Reddediş tarzımı kınıyorsun. Çok doğru. İşte, çocukların ağzından çıkan bir doğruluk örneği !

Tüm yaşamım boyunca, babanı hep ön plana çıkarmaya o kadar çalıştım ki, bu ikinci bir mizaç oldu! Aslında, zaman şimdiki gibi değiştiğinde ve demokrasi uygulamasının insanın kendi evinde başlaması gerektiği ilan edildiğinde, düşünce ve davranı tarzım bile babana karşı ve doğal olarak sana karşı suçlu, çünkü baban demokrasinin önce yaşanması gerektiğini ilan ederken, ben böyle cevap verirsem, başkaları onun yaptığıyla söylediği arasında çok büyük bir fark olduğunu düşünebilir.

Bundan böyle daha çok dikkat edeceğim.

64

ICHIRÔ'DAN ANNESİNE

Sevgili anneciğim. Dün sana söylediğim gibi, bugün öğleden sonra, okul çıkışında arkadaşlarla sinemaya gittim. Henüz akşam olmamıştı, ama çok kalabalıktı, okuldan az öğrenci yoktu, senin gibi birçok kadın da vardı. Sen neden tek başına sinemaya gidemiyorsun? Çocuklarını her şeyden önce düşündüğünü biliyorum, ama zaman zaman kendine sinemaya gidecek bir zaman ayırman hoşuma giderdi.

Sana bunları boşuna söylüyorum, yine de gitmezsin; öyleyse ben de sana ilginç bulduğum filmleri anlatacağım.

Bugün gördüğüm filmin adı Kuğunun Ölümü'ydü, oldukça eski bir filme benziyordu.

Paris operasının dans öğrencileri arasında, Pembe-Fare adında çok yetenekli küçük bir kız vardı. Baş dansöz Mlle Beauprè'yi çok seviyor, ona "anne" diyordu. Mlle Beauprè eski dans pabuçlarını Pembe-Fare'ye verdiğinde onun sevinçten havalara uçması karşısında gülmeden edemedim, çünkü tıpkı bana hediye ettiğin defterleri özenle kaplayışım gibiydi.

Bir başka dansçı, Nathalie Karine adında bir yabancı geldi. Bir provada, Karine, Mlle Beauprè'nin dansını seyrederken iki makinist kavga etti. Onlardan birinin ötekine elma koçanı fırlattığını gören Nathalie kahkahayı bastı. Nathalie'nin kendisine güldüğünü zanneden Beauprè kızdı ve dans etmeyeceğini söyleyerek sahneyi terk etti. Pembe-Fare bunu öğrendi; yabancının "annesiyle" alay ettiğini zannederek ona çok kızdı.

Kuğunun Ölümü gösterilecekti ve dans için Nathalie seçildi. Annesinin öcünü almaktan başka bir şey düşünmeyen Fare'cik, sonuçları düşünmeden, Nathalie dans ederken, sahnedeki bir alt kapağı tutan sürgüyü kaldırmaya çalıştı. Bu bölüm sıradan bir polisiye filimden daha heyecanlıydı! Çocuk olduğundan düşüncesizce hareket eden Fare'ye sempati duyuluyordu, ama onu kapkara elleriyle yakalayan arkadaşları kınadıklarında ve Fare masum bir tavır takınmaya çalıştığında, sanki kötü bir şeyleri yapan benmişim gibi kendimi suçlu hissettim.

Nathalie açılan kapaktan düşmüş, sahne karmakarışık olmuştu. Sözde kapağın sürgüsü kazayla bozulmuştu ve Nathalie'nin yerine Beauprè dans etti. Onun sahneye girdiğini gördüğünde küçüğün ışıl ışıl yüzünü görmeliydin!

Oysa, onun taptığı bu anne, sanatın yaşamda her şey olmadığını düşünüyordu ve bu son gösteriden sonra evlendi. Kendini ihanete uğramış hisseden ve yaptığı işin düşüncesiyle allak bullak olan Pembe-Fare acı dolu günler geçirdi.

Doktorların artık bir daha dans edemeyeceğini söylediği Nathalie, umutsuzluğa kapıldı: Son derece üzüntülü yüzü yüreğimi paramparça etti. Nathalie yine de kendini toparladı. Koltuk değneklerine tutunarak siyah giysiler içinde, kendini, coşkuyla balerinlere ders vermeye adadı. Kendisi dans edemediğinden, hiç olmazsa öğrencilerinin, kendisinin yapamadığını gerçekleştirmesini istiyor ve onları bütün benliğiyle yönetiyordu. Kendisini sakat bırakanın Fare olabileceği kuşkusunu bir an bile duymuyordu. Nathalie, küçük kızın yeteneğini fark etmiş ve ona ayrılan geleceğe sevinerek onu şımartıyordu. Fare'ye gelince, Nathalie onu ne kadar şımartırsa o da koruyucusunun koltuk değneklerini görerek o kadar acı çekiyordu.

Yalnızca küçüklerin dans edeceği Arılar ya da ona benzer bir gösteri yapılacaktı ve baş role dikkat çekecek kadar güzel dans eden Fare seçilmişti. Gösteri sırasında yukardan bir iple asılan arılardan biri rahatsızlandı; sahneden çıkmak zorunda kaldı. Annesi onu iyileştirdi. Heyecana ve kıskançlığa kapılan kız, kaza sırasında verdiği sözü unuttu, kazadan kapağın sürgüsünü kaldıran Fare'nin sorumlu olduğunu annesine anlattı.

Çocukları için deli olan bu anne -tanıdığım biri gibi- Nathalie'ye imzasız bir mektup gönderdi. Bu bölüm de nefes kesiciydi.

Nathalie mektubu aldığında çok şaşırdı ve inanamadı. Fare'yi çağırdı ve onu sorguladı. Fare'nin, bunun doğru olmadığını söylemesini bekliyordu, ama küçüğün başı önde, suskun kaldığını görünce alt-üst oldu. Sonra bütün benliğini bir öfke kapladı ve bağırarak onu hapse attıracağını söyledi.

Fare çok korkmuştu. Bu sırada rastlantı sonucu bir polis, bir iş için operaya geldi. Fare polisin kendisini tutuklamaya geldiğini sandı ve korkudan deliye dönerek bir ızgaradan kaçmaya çalıştı, ama kayboldu. Çıkış yolunu bulamadığından yorgunluktan düşüp uyuya kaldı.

Küçük kıza karşı çok sert davrandığı için kendini suçlayan Nathalie, kızın kaybolduğunu duyunca, deliye döndü ve her yerde onu aradı. Sonunda onu ölü gibi, lağımda yatarken buldu. Yeraltında Nathalie'nin çınlayan sesinin ve koltuk değneklerinin sesinin uyandırdığı izlenimi sana anlatamam.

Küçük kız ayıldığında Nathalie her şeyi unutup yalnızca sanatları için yaşamak gerektiğini söylediği zaman, Pembe-Fare'nin gözlerinden iri iri gözyaşları döküldü. Ben de gözlerimin yandığını hissettim ve defalarca gözlerim kırpıştırmak zorunda kaldım.

Nathalie'nin, küçük kıza: - Fare! Fare! diye seslendiği ve onunda eteğini tutarak yarı ağlaya yarı güle dans ettiği son sahne çok heyecan vericiydi.

İşte, film aşağı yukarı böyleydi. Fare'yi oynayan Jeannine Charrat'ın son derece ifadeli yüzünü çok beğendim.

Sanat hayatta her şey midir, yoksa yalnızca onun bir parçası mıdır? Bu, hala cevaplandıramadığım, zor bir soru.

Ben de içinde olmak üzere, çoğu insanın, Beauprè'nin seçtiği yolu seçtiğini zannediyorum; bunun doğal ve iyi olduğunu sanıyorum.

Öyleyse, Beauprè'yle Nathalie'nin yaşama tarzını karşılaştırarak neden, Nathalie'nin yaşamında, Beauprè'ninkinden daha yüce, daha saf bir ögeler buluyoruz? Nathalie'nin yaşamı mı doğru?

Zamanı gelince cevabı öğreneceğim. Her ne olursa olsun, bu film yüreğimi sıcaklık ve aydınlıkla doldurdu.

Bugünlük hepsi bu kadar.

Tatilde bir kere Okaya'ya gidelim.

Not: Nathalie'yle Beauprè hakkında ne düşünüyorsun? Ben çok düşündüm ve Nathalie'de daha soylu daha yüce bir yan bulunuyorsa, bunun, Nathalie'nin sanat için yaşadığından kaynaklanmadığı sonucuna vardım. Beauprè Nathalie'nin yerinde olsaydı bu Pembe-Fare'yi o kadar şımartır ve onu birden bağışlar mıydı bilmiyorum. Nathalie'yi, Beauprè'den daha çok yücelten bu fark değil mi? Açıkça görüldüğü gibi bu noktaya gelebilmek için, Nathalie'nin sanat gibi yüce bir amaca ihtiyacı vardı. Bununla birlikte, sen de onun yerinde olsaydın kesinlikle onun gibi davranırdın. Bu koşulda, sanat, gerekçen olur muydu? Bunun başka bir şey olduğunu sanıyorum. Dolayısıyla, ardından, yaşamımızda sanattan başka bir şey olduğu sanattan daha değerli şeyler olduğu ya da en azından sanatla eşdeğerli bir şeyler olduğu sonucu çıkıyor. O zaman Beauprè'nin düşünce tarzı doğru olmaz mı?

Artık neye inanacağımı bilemiyorum. Birlikte sinemaya gidebilmemiz için, kendi kendime, ne zaman boş zamanının olabileceğini soruyorum. Birlikte seyredeceğimiz bir filmi seninle tartışmaktan ne kadar mutlu olurdum.

ANNESİNDEN ICHIRÔ'YA

Bu akşam eve döndüğünde sana:

- Annen bugün övülmeye değer bir şeyler yaptı, dedim.

Bil bakalım ne?

Bir zadankay'a katılmamı istemek için Shinano-Mainichi gazetesinden geldiler. Her zamanki gibi geri çevirecektim, ama, sana verdiğim sözü hatırlayarak, bütün cesaretimi topladım ve kabul ettim. Gelecek olan kişiler Bay Naroyoshi Fujimori, Bayan Kuniko Imai, adını hatırlayamadığım bir başka bey ve ben.

Dışarı çıkma konusunda çok tembel olan annen açısından harika değil mi? Beni öv!

ANNESİNDEN ICHIRÔ'YA

Bugün nereye gittim dersin?

Bayan Takei'yle birlikte sinemaya. Kamelyalı Kadın oynuyordu. Baban buradaydı ve evde oturabilirdi, bu nedenle ben de içim rahat gittim. Sinemaya gitmeyeli gerçekten uzun zaman olmuştu. Hoşuna gideceğini düşünerek, sana haber vermek için küçük bir not.

65

ICHIRÔ'DAN ANNESİNE

Dün, çok canlı görünüyordun. Sinemaya mı gittin? Bravo! Çok sevindim.

Dışarı çıkmak sana iyi geliyor. Nedenini tam söyleyemeyeceğim, ama dün bana Tokyo'da yaşadığımız zamanlardaki gibi etki yaptın. Rica ediyorum, arada bir gezmeye git. Evi beklemek için birileri gerekirse, ben kalırım.

66

ICHIRÔ'DAN ANNESİNE

27 Mayıs

Sevgili anneciğim, bu sıralarda, kafam eskisine göre biraz daha karışık! Dikkatimi tek bir konu üstünde yoğunlaştıramıyorum ve kendimi dersime veremediğimi hissediyorum. Elimden geldiği kadar kendimi düzeltmeyle çalışıyorum, ama başarabildiğimden emin değilim. Belki de yaşımın (kaprisli) dönemi yüzünden.

Dolayısıyla, iyileştiğin zaman, yaptıklarımı eleştirmek için, gelişebilmem ve sağlam karakterli, dengeli bir kişilik kazanabilmem için bana eskisi gibi (her gün olmasa da olur) kısa mektuplar yazmanı isterdim. Doğal olarak, yazacaklarını söyleyebilirsin de.

Bunu itiraf etmek zor ama, yaşım (çelişkilerle dolu olan) ve karakterim gereği, yanlışımı yüzüme vurduğun zaman önce dikleniyorum, ama ardından düşüneceğime ve yanlışımı düzelteceğime söz veriyorum, bunun için bekler misin?

Üstelik, şu sıralarda Kinji'nin yaptıklarıyla da ilgilenmemek ve küçük şeyler için onu azarlamamak bana çok zor geliyor.

Bazen kendimi tutamayarak, ama aynı zamanda, her olayda düşüncelerini söylememek için elinden geleni yapan anneme yeni sıkıntılar vermemek için ve bir de annemin bu tavrı bana yetersiz geldiği için, bunu yaptım!

Yine de iyice düşündüğümde, kendi kendime, belki de böyle iyi çocuk olunmaz diyorum; kısmen senin için kısmen de kendimi tatmin etmek için gerçek buydu. Bu, alışkanlık oldu ve kendimi hemen bugünden yarına düzeltemem, yine de elimden geleni yapacağım. En ideali, bunu kendi kendime başarmam ama, yeterince kuvvetli olmadığımı biliyorum; bu nedenle de senin yardımını istiyorum.

Ah! Az daha unutuyordum! İki Şehrin Öyküsü'nü okudum; çok ilginçti; seni kutluyorum Çevirmen Hanım!

Şu sıralarda hiçbir ihtiyacın sıkıntısını duymadığım şanslı bir dönemdeyim. Bunu sana borçluyum. Ama bununla yetinmek istemiyorum. Çok daha sağlam, daha uysal, daha bilgili, daha "annesinin oğlu" bir Ben oluşturmak istiyorum.

Hiç acele etmeden kendine iyi bak, sonra da iyi bir Ben oluşturmam için bana yardım et.

Şımarttığın, çok iyi bir çocuk olmak isteyerek,
güçlü bir karakter edinmek ve dürüst bir yaşam
sürmek için bugün yeni bir yolda giden Ichirô'n.

Not: Okuldaki toplantılarda her konuyu tartışıyoruz, galiba evde bile ukalalaştım. Bunu da düzeltmeye çalışacağım.

Çoğu kez davranışlardan ve iyi adetlerden söz edersin; bu konuda kendime güvenim, bilincim, gururum var. Dolayısıyla, benim için tasalanma. Tokyo'yla burası arasında mekik dokumak zorunda kalsam da sana sorun çıkartmayacağım. Bana güvenebilirsin.

Şimdi gidiyorum
Doğru dürüst yaşam yolunda,
Minnetimi ödemek için
Sevgili anneme, babama
Sevdiğim ağaç kuruduğunda
Meyvesi olduğum için
Hep gurur duyacağım
Kudurun pis dünyanın
Rüzg,rları, dalgaları
Gideceğim yaşamda
Annemin yanında.

ANNESİNDEN ICHIRÔ'YA

Mektubunu aldığım zaman, seni ihmal ettiğim için kendimi suçlu hissettim. Çünkü son zamanlarda hastalığım bütün zamanımı aldı, ama yakında yeniden ayağa kalkacağım. Doktora boşuna gittim, bütün doktorlar bir şeyimin olmadığını, bunun yalnızca yorgunluktan ileri geldiğini söylüyor, dolayısıyla, sabretmekten başka yapacak bir iş yok.

Kafanın karışık olduğunu söylüyorsun; herhalde bu, çevremizdeki karışıklık yüzündendir. Üstelik, senin de söylediğin gibi büyüdüğün için ve daha da kötüsü sağlığımın eskisi kadar iyi olmayışındandır. Ama bunu kendi kendine fark etmiş olmandan memnunum.

Sizler için, kendime elimden geldiği kadar iyi bakacağım. Sana mektup da yazacağım. Savaş sırasında bunu pek ala yapıyordum.

Bu aralarda gece uyandığım zaman hep aklıma gelen: ne kadar iyi çocuklarım olduğu. Özellikle senin dürüstlüğünü düşündüğüm zaman, gecenin yalnızlığında yüreğim ısınıyor.

Engelsiz, rahat rahat büyü! Sana bir şey söylemesem de,

gözlerimle sürekli izliyorum.

67

ICHIRÔ'DAN ANNESİNE

Anneciğim, havalar birden ne kadar ısınmaya başladı! Sağlığına dikkat et. Buraya kadar gelip de hasta düşmek çok aptalca.

Sana öneren ben olduğum halde, uzun zamandır yazmadığım için beni bağışla. Çünkü bugünlerde hava çok sıcak ve oyunla o kadar meşgulüm ki!

Lise, edebiyat ve fen kollarına ayrıldığından, oturup ciddi ciddi çalışmak istiyordum, ama sinema, beyzbol falan derken hepsi suya düştü! Söylemeye utanıyorum, ama bugün de Yajima'yla ve diğer çocuklarla gevezelik etmek için çok geç saatlere kaldım. Hatanın bu son günlerdeki aşırı sıcakta olduğunu sanıyorum! Gün boyu, öylesine boğucu bir hava var ki, akşam serinliği çıktığında insan biraz kıpırdamak istiyor; bu havaya çabuk alışacağımı sanıyorum. Evet! Kendimi buna çabuk alıştırmaya zorlayacağım.

Bu son günlerdeki tutumumdan sonra yazacağım şeyi söylemek zor, ama insanın annesinden yaptığını gizlemesi "furyô" olmaya ittiğinden, yalnızca bu haftalık göz yummanı istemek için utancımı bastırıyorum. Bunun, Süper lise öğrencisi düzeyinde olma hareketimi kutlama tarzı olduğunu söylersin!

Yarın, dersten sonra, Kowata Gençlik Birliği'yle Jônan arasında beyzbol maçı var. Bugün, bırakayım, olayı sen sezinleyesin diye düşünüyordum, ama dürüstçe anlatmayı yeğleyeceğim. Ve üstelik, öbürkü gün, lisenin görmemize izin verdiği film gösterilecek. Babam "yine mi" demeden önce gitme fırsatını bulacağımı umut ediyorum.

İşte! Sanırım, bu genç beyin hileleri seni şaşırtıyor! Hiçbir şey söylemeden gidip filmi seyredebilirdim, ama bunun "furyô"luğun bir başlangıcı olduğunu düşünerek sana açıkça itiraf etmeyi yeğliyorum. Zaten, senden gizli hiçbir iş yapmamayı sürdüme konusunda kararım kesin.

Son zamanlarda, hareket tarzlarımı beğenmemene rağmen, hiç karışmamaya çalıştığını biliyorum. Ben de yaptıklarımı fark etmiyor değilim. Önümüzdeki hafta kesinlikle harekete geçeceğim, bu hoş ortam beni buna sürükledi. Güvenini sarsmayacağıma emin ol ve bu güçsüzlüğümü geçir. Babama sözünü etmeden!

Hiçbir şey söylemeden davranışlarımı gözlemlediğin için, sana minnet duyuyorum. Seni böyle tasalandırdığımdan dolayı bağışla beni. Ne var ki, bana en çok sevinç veren, bilincimin kötülükten hesap sorması ve senden hiçbir şey gizlememeyi başarmam oldu.

Bundan böyle dikkat edeceğim; yine tembelleştiğim görürsen bana göz kırp; kendimi hemen düzelteceğim.

ANNESİNDEN ICHIRÔ'YA

Sana güveniyorum.

Benden habersiz bir iş görmediğin için teşekkür ederim.

Genç bir örnek, erdem küpü olmanı beklemiyorum. Keyfine bak. Baban kendi işiyle ilgili ve bazen bir hoş davranıyor, ama bu seni sıkmasın. Onunla konuşacağım. Yalnızca, bunun çok sık olmamasına dikkat et.

Sana bu tür buyruklar vermenin aşırı olacağını düşünüyorum, ama arada bir sen de kendi davranışlarının üzerinde düşünmeyi unutma.

68

ICHIRÔ'DAN ANNESİNE

Nereye kadar doğru olduğunu bilmiyorum, ama Sano'nun bu kadar karamsar ve içine kapanık görünmesi, aşk acısı çektiğindendir.

Aşkın ne olduğunu ya da mutsuz bir aşkın ne olduğunu belli belirsiz anlıyorum, ama bu yine de belli belirsiz. Yakın bir tarihte okuduğum sözcüğü kullanmak için bunun ancak kavramsal bir tarzda olduğunu söyleyeceğim. Benim yaşımdaki bir çocuğun, şu ana değin şiirlerde, romanlarda, tiyatro oyunlarında canlandırdığım bu aşkı ya da aşk acısını duyması bende tuhaf bir izlenim bırakıyor.

Bana aşktan hiç söz etmiyorsun, gerçekten nedir aşk? Benim yaşımda aşık olunabilir mi?

Galiba geçen gün Ikezawa diyordu: - Özellikle bir kadın değil, ama genel anlamda aşk bizi çekti. Söyledikleri bana doğru geldi.

Bir kitapta da: "Aşk, insanın sevdiğini sanmasıdır" diye okumuştum. Her halde böyle olsa gerek.

Ama şimdilik özellikle kimseyi düşünmüyorum; aşk bana çok uzak gelen bir şey, ama bir arkadaşın aşık olmakla kalmayıp bir de bu aşk yüzünden mutsuz olduğunu öğrenince, ben de dikkatli olmam gerektiği izlenimine kapıldım.

Romanlarda, büyükler, aşıkların evlenmesine genellikle karşı çıkarlar; birilerine aşık olursam ne yaparsın? Doğal olarak, genç kız senin gözünde mükemmel biriyse sorun çıkmaz; ben de gidip çok tuhaf birileriyle aşna fişne yapacak değilim, ama kısacası, bir kez aşık olunca nasıl davranacağımı öngöremiyorum.

Belki yazmak zordur, o zaman boş bir zamanında bütün bunlardan bana söz et.

Oğlunun arkadaşının aşk acıları çektiğini bilmek, bana bile

eğlenceli geldiğine göre sana iyice komik geliyordur!

İyi akşamlar sevgili anneciğim.

69

ICHIRÔ'DAN ANNESİNE

Bugün, sen yokken babamla uzun uzun sohbet ettik. Önce okuldan söz ettik, ama sonra bildiğim şeyler söz konusu oldu ve bana çok şey öğretti.

Babam, bilgiler söz konusu olduğunda, başka bir adam oluyor, genellikle yaptığı gibi belli belirsiz cevaplarla yetinmiyor. Ben ondan istemeden, öteki eve gidip bir kitap aradı, sonra geri döndüğünde bana bir başka kitabı bulmak için koridordaki bütün rafları karıştırdı ve sorduğumu açıklamak için, başvuru kaynağı olacak bir alay dergi çıkardı. O kadar çaba gösterdi ki çok şaşırdım. Bilimden söz ettiği zaman, onu bana benimsetiyor. Çok etkileyici. Önemli kişi dedikleri bu mudur? Ben bile onun büyüklüğünü anlamaya başladım.

Normal zamanda, kendisinden istenenleri hep unutan, çoğu işi tersine yaparak senin yaşamını cehenneme çeviren babamda böyle bir yanın bulunduğunu görünce gerçekten altüst oldum. Kişilik en iyi, sahip olunan bilgilerle mi ortaya çıkar?

Çoğu kez, böyle harika bir babam olduğu için şanslı olduğum söylendi. Ama dürüst olmak gerekirse, kendimi alabildiğine mutlu sayabileceğim harika bir babaya sahip olduğumu düşünmemiştim! Oysa bugün, kendi kendime, gerçekten de doğru diyorum.

Raporumun sonu!

ANNESİNDEN ICHIRÔ'YA

Babana hayran olduğun gün, o da bana :

- Ichirô aşama kaydetmiş, dedi. Böyle devam ederse, önemli biri olabilir. Kısacası, sen, babanı yeni bir açıdan gördüğün gibi o da seni yeni bir gözle görüyor. Her ikinizin de, birbirinizde yeni nitelikler keşfetmenizden çok mutluyum.

Bu durumda, babanla konuşmak için boş zamanlar bulmaya çalış. Birbirinize iletmek istediğiniz bir şeyler olduğu zaman, ikinizin de beni aracı kullanma alışkanlığındasınız; bunun iyi olduğuna inanmıyorum. İyi bir baban olduğunu düşün ve doğrudan doğruya ona başvur; sonuç kesinlikle daha iyi olacaktır. Erkek çocukların, babalarından öğrenecekleri çok şey vardır.

Bunları söylerken, zamanını babanla gevezelik ederek geçirmelisin demek istemiyorum. Yalnızca, gidip onunla sohbet etmenin sana yararı olacağını hissetmeni istiyorum. Çoğu kez, onunla konuşursan kavga edeceğinizi söylersin, ama şimdiye değin bu hiç olmadı. Baban da, öte yanda, seninle konuşmayı sevmediğini, çünkü hemen surat asmaya başladığını söylüyor; ama bu da kafa kafaya verip yeterince konuşmadığınız için böyle. Özetle, bu, sen de, o da birbirinize yaklaşmak için yeterli çaba göstermediğiniz için değil mi?

Babanla bütün bunları konuşacağım; sen de kendi hesabına hazırlıklı ol. Yavaş yavaş onunla her konuda, açık yüreklilikle konuşmanı isterim.

Birbirine kenetlenmiş bir baba oğul her şeyi yapabilir. Annenin, artık bir şey yapmaya ihtiyacı kalmaz:

- Ha! iyi, babayla oğul anlaştığı zaman, işler yolunda demekten başka yapacak bir işi olmaz. Bu noktaya gelmemiz ne güzel olurdu!

70

ICHIRÔ'DAN ANNESİNE

26 Kasım

Bugün, fikrini almak istediğim bir konu var. Gerçi çok önemli değil.

Lisede karnelerimizi verirlerken, gelecek yıldaki giriş sınavından söz edildi. Birçok arkadaş başka süper liselere başvurmak istiyor: Arima, Tarım Üniversitesinin hazırlık sınıfına, Natori Tokyo'daki süper liseye, Iketi, Sakamato ve Taguchi'yse Matsumoto Lisesi'ne. Ben de bir yerlere başvurmak istiyorum, ama nereye?

Sınıflandırmaya göre, Ikkô'ya bir tek ben başvurabileceğim, ama kendime pek güvenemiyorum.

Matsumoto'dakine gelince, oraya girmek pek fazla bir işe yaramıyor ve kazanamazsam çok büyük utanç olur. Dolayısıyla, yapılacak tek şey Ikkô'ya başvurmamın olduğunu sanıyorum. Çünkü Ikkô'da başarısızlığa uğrasam bile çok büyük bir utanç olmayacak!

Ama iki yıl için öngörülen eğitim reformuna göre, Ikkô'yla Tôkô, Tokyo Üniversitesi'nde birleştirilecekmiş. Bu koşulda, Ikkô'da başarısızlığa uğrama rizikosunu göze almaktansa, daha az yakın olsa da, Tôkô'ya başvurup oraya girmek belki daha iyi olacak.

Bütün bunlar hakkında babamın fikrini alır mısın? Bir de ona iyi bir hazırlık sınıfını bulmasını söyler misin? Başvurmaya karar verirsem yalnızca üç ayım var demektir; ötekilerine yetişebilmek için ölesiye çalışmam gerekir.

Sen, benim tam gücümü ve karakterimi herkesten daha iyi biliyorsun, öyleyse iyice ölçüp biçip bana acele cevap verir misin?

ANNESİNDEN ICHIRÔ'YA

Bana sınav için başvurup başvurmaman gerektiğini soruyorsun. Bunun hiç de önemli olmadığını söylüyorsun ama senin gibi bir öğrenci için önemli.

Yakın bir zaman önce, hiçbir arkadaşının dışarıya gitmeyeceğini söylemiş ve yüksek öğrenimini Suwa'da bitirmeyi Tokyo'ya da sonra gitmeyi önermiştin. Bu, senin düşüncen olduğu için saygıyla karşılamak istedim. Şimdi, arkadaşların dışarıdaki okullara başvurmak istiyorsa ve sen de bunu istiyorsan bir sakınca görmem. Yine de zamanın çok az ve çok fazla çalışmaya hazırlıklı olman gerekir. Bu, kendini çalışarak tüketmek anlamında değil, en akılcı yöntemi bulmak için iyi düşünmek ve arkadaşlarına ayırdığın azıcık zamanı kurban etmeye boyun eğmektir; üstelik, başaramazsan, kararlı olmak doğaldır.

Bütün bunları yapabileceğini inanıyorsan bugünden çalışmaya başla.

Arkadaşların şu ya da bu sınava başvuracaklarını söylüyorsa buna çok daha önceden karar vermişler demektir. Seninki gibi, düşünmemek, bir kayıtsızlık işaretidir. Ama, bu noktada senin iyi bir yanın var. Bulunduğumuz noktada, deliye dönmek yararsız; elinden geleni yap, başaramazsan kaybedeceğin bir şey yok demektir. Çalıştığın yanına kar kalacaktır.

Babanla konuşacağım, ama senin de ona danışmanı öğütlerim. Ve çok yakında okul tatil olacağından, Tokyo'ya küçük bir gezi yapmak için bundan yararlanalım. Böylelikle...

Mektubunu okuduğumda ben de yerimde duramamaya başladım.

71

ICHIRÔ'DAN ANNESİNE

2 Aralık

Anneciğim, cevabına teşekkür ederim. Sen de böyle düşünüyorsan, bütün gücümle çalışacağım. Bunu söylemek için çok geç olduğunu biliyorum, ama şu ana değin daha iyi çalışmadığım için pişmanım. Sınıfta öğretmenlerin anlattıklarını da daha iyi dinlemek gerekecek.

Şimdiye değin düşünmüyordum, ama sınav için başvuracağım şu anda, Fuzoku'da olsaydım sanki daha kolay olacaktı gibi geliyor. Mamada, Honda, Horiuchi, Takase, ilkokuldaki eski arkadaşlarım her halde sınav için başvuracaklar, sınavda başaramazsam çok çok utanacağım.

Dolayısıyla, Bay Ichirô büyük kararlar almazsa ayvayı yedi; bu yüzden, çok çalışması gerekiyor.

Bu durumda, Shirô'yla küçüklerin fazla gürültü etmemesini sağlar mısın?

Bu akşam, İngilizce dilbilgisinden başımı kaldırmayacağım.

Meşgul olan Ichirô'n

Ne olur babama çabuk yaz.

72

ICHIRÔ'DAN ANNESİNE

1 Ocak 1948

Sevgili anneciğim, nasılsın? Tokyo'da hava çok soğumaya başladı. Suwa'da donuyor olmalısınız!

Uzun zamandır ayrılmamıştık, oysa şimdi bir hafta geçti. Bugün yılbaşı, ders yok. Benim için kaygılanacağını düşünerek, bir yarım saat ayırarak, sana mektup yazıyorum.

"Kuyunun dibindeki kurbağa" deyişi benim şimdiki halime kesinlikle çok iyi uyuyor. Anlıyorsun ya, Suwa'da differansilyel hesaba yeni başlamışken burada yalnızca bitirmekle kalmayıp, entegral hesabı da yaptık. Bu, cesaretimi biraz kırıyor.

Kensû kursunun olağanüstü bir yanı yok, ama Ikkô'daki hazırlık kursuna yani öteki kursa çok kuvvetli öğrenciler geliyor. Başlangıçta kendi kendime: - Permütasyonları ve kombinezonları bile yapmadan Ikkô'ya başvurma yüzsüzlüğünü gösterdin, dedim.

Daha ilk günden kompozisyon olduğu için Ichirô ustanın canı sıkıldı.

Sabah sekizden öğlene kadar Kensû; öğlenden 4:30 kadar Surugadaî'de[1] hazırlık kursu; eve dönüşte yüksek dozda permütasyonlar ve kombinezonlarla baş başa. İşe koyulduğum zaman derslerimin çokluğu karşısında şaşırdım; bu bana Ezop'un öyküsündeki, ancak, sahibi komşunun ağır çuvallarını da üstüne yüklediği zaman kendi gücünü anlayan öküzü hatırlattı. İyi uyumaya dikkat ediyorum; bu yüzden sağlığım için kaygılanma.

İki arkadaşım geldi, her ikisi de Ittchû'dan[2]. Bütün gün iki

1. Tokyo'daki öğrenci mahallesi.
2. Ikkô sınavlarında öğrencilerinin başarılarıyla ve derslerinin iyiliğiyle tanınan Tokyo'nun en önde gelen lisesi. Öğrencileri "inek"likle tanınmıştır.

hazırlık kursuna gidenin tek ben olduğumu sanıyordum, ama bu iki arkadaşımdan biri olan Sato da Kensû'ya ve Ikkô kursuna gidiyor. Bunu öğrendiğimizde ikimiz de çok şaşırdık, bir yandan da bir dayanışma duygusu duyduk. Kompozisyon notlarımız hemen hemen aynı, dolayısıyla iyi birer rakip olacağız.

Bütün bunları, eve döndüğümde, en ince ayrıntılarına dek anlatmak istiyorum, ama Sato mükemmel bir "Itchû tipi" diye adlandırılabileceklerden; Suwa öğrencilerinden çok farklı; bu bana çok şeyler öğretti. Burada da, Fuzoku'dan Suwa'ya geçtiğimde dikkatimi çektiği gibi, her okulun kendine özgü bir ruhu olduğunu hissettim.

Sizler yatalı epeyi olmuş olmalı. Yeni yılın çan seslerini ve radyoyu duyuyorum. Ueno[1] tapınaklarından gelen çanların sesine karışıyor. Bu, bende ne "görkemli" ne de "kutsal" sözcüğünün tam olarak anlatabildiği çok özel bir duygu uyandırıyor. Çanlar ilk kez bende böyle bir etki yapıyor. Benliğimin melankoliyle, nostalji duygusuyla dolmasına neden oluyor.

Dolayısıyla, bugünden itibaren on sekiz yaşındayım. Yeni yılın tasarıları yılbaşında belli olur, denir. Benimki her şeyden önce Ikkô sınavını kazanmak. Şimdi bir uyku çekeceğim, sonra da yeniden sıkı çalışacağım.

Zorluklarla dolu, ama anlamı olan bir yaşamın özel bir tadı var. Kurslar biter bitmez eve döneceğim. O zamana kadar sağlığına çok dikkat et! Yakında görüşmek üzere!

On sekizine basmış olan Ichirô'n.

Not: Ayın onuna doğru geleceğim. Bana güzel bir mochi yap.

1. Tokyo'da, büyük tapınakların bulunduğu, gerçek pembe bulutlar oluşturan kiraz çiçekleriyle ünlü, çanların tok seslerinin yükseldiği park.

73

ICHIRÔ'DAN ANNESİNE

15 Ocak

Anneciğim, Tokyo'da yaşamın ne kadar hareketli olduğunu görünce şaşırdım. Kendimi hiç de taşralı sanmıyordum, ama buraya gelince hiç farkına varmadan nasıl da köylüleşmiş olduğumu anladım!

Babam da, dedem de iyiler. Dedem hediyeler için bana teşekkür etti ve 100 Yen harçlık verdi! Tokyo'da cep harçlığı önemli bir şey!

Mağazalar iyi iş yapıyor gibi. Akşam, dedem bir sürü banknot saydı ve onları kasasına tıktı. Sonra yemek yedik. İnsan bu kadar çok banknotu bir arada görünce paranın değerinin düştüğüne inanıyor.

Burada yiyecek açısından ne istersen var. Dedem her zamanki gibi hiçbir şeyi eksik etmiyor. Akşam yemeği saat dokuza doğru verildiğinden ve bizim de artık açlığımız geçmiş olduğundan Yamada'yla ben genellikle daha erken yiyiyoruz. Bununla birlikte, dedemle birlikte yemezsek, iyi yemek olmuyor.

Oisolu amcayı gördüm. Her zamanki gibi asık suratlı, ama bu aralar keyifli gibi.

Hepimiz aynı evde oturduğumuz halde babamı ve amcamı çok az görüyorum. Aralarında bir şeyler geçmiş gibi. Babam bu konuda sana yazmadı mı? Yamada gördüklerinden şaşkına döndü. Suwa'da çok büyüklenen o, Tokyo'da ufaldı gitti. Ginza'daki bulvarlara gittik; öyle kalabalıktı ki, Yamada başına ağrılar girdiğini söyledi. Büyük bir mağazanın asansörüne bindiğimizde, bana para ödememiz gerekip gerekmediğini sordu. Bıktım artık!

Bay Nishibè'yi gördüm. Çok meşgul olduğu açıkça anlaşılıyordu. Beni Tokya' da en çok etkileyen şey, burada kimsenin sakin olmadığı. Bir söz söylüyorsunuz, ama sizi zar zor dinliyorlar. İnsanlar bir cümleye başlıyorlar, sonunu getirmiyorlar. Sözünüzü bitirmeden, ne söyleyeceğinizi anlamışlar gibi cevap veriyorlar. Yalnızca Bay Nishibè değil, mağazadaki görevliler, babamı görmeye gelenler, hepsi böyle. Başlangıçta bu beni sinirlendiriyordu, ama üç dört gün sonra hiç etkilememeye başladı. Tam tersine hareketlilik dikkatimi çekti ve hoşuma gitti. Artık delikanlı olduğum için mi, yoksa burada doğduğum için mi, bilemiyorum. Ne olursa olsun, oldukça ilginç bir ruh hali.

Üç gün daha buradayım, ondan sonra döneceğim. Her halde 4 trenine binerim, çünkü onun pek dolu olmadığı söyleniyor. Saat 11 den sonra evde olurum.

Arkadan geçen istasyon yolu gece tehlikeli mi? Zaten üstümde değerli hiçbir nesne olmayacak.

74

ICHIRÔ'DAN ANNESİNE

Bugün liseye gittiğimde, bütün arkadaşlar Tokyo'da neler olup bittiğini çok merak etti. Beni en çok şaşırtan, yalnızca bir dönem kurs için ayrıldığım halde, geçmek için Tokyo'da kursa bir ay bile gitmenin yeterli olduğunu birçok kişinin söylemesi; ne büyük mutluluk! Yalnızca bir hazırlık kursu görerek, insan istediği okula kabul edilseydi bu iş gerçekten çok kolay olurdu! Taşralıların safça böyle şeyler düşünmesine ya da söylemesine yol açan bu aptallık ya da daha çok, bu bilinçsizlik beni çok şaşırttı.

Ne var ki, daha güçlü olduğumu hissediyorum. Üçüncü yarı yıl sınavları çok yaklaştı, ama bu beni hiç heyecanlandırmıyor, çünkü neye hazırlanmam gerektiğini arkadaşlardan öğrenirken bunların hepsini kursta çalıştığımı ve üstelik buradakilerin en kolay bölümler olduğunu anladım. Öyle ki, onların bunları gözlerinde çok büyütmeleri beni eğlendiriyor.

75

ICHIRÔ'DAN ANNESİNE

Hiçbir dönemin sınavını bu sonuncular kadar kolaylıkla vermemiştim. Hatta her seferinde, şu ana değin gözümde büyütmüş olduğuma da şaşırdım. Tokyo'da her gün sınav ola ola sınav geçmeye alışmış da olabilirim. Hiç bilmediğimiz problemlere takılmayı ve çözümünü bulmayı öğrendiğimiz zaman, kitapta olduğu gibi verilenler komik geliyor.

Ama orda dur! Bütün bunları söylerken, eskisinden daha az iyi bir yerim varsa, bin defa özür dilerim!

Çalışma planı açısından, her konuyu kezlerce yeniden gözden geçirecek zamanım yok artık. Böylelikle, şu anda İngilizcede vokabüleri, dilbilgisini ve idiomları sıkıca çalışacağım, ama 4. ve 5. sınıfın kitaplarını da okumam gerektiğini düşünüyor musun? Artık, bunlar ilkokuldaki kompozisyonlar değil ve ders kitaplarından alınmış konular sorulacağını sanmıyorum, sen ne düşünüyorsun?

Matematiğe gelince, her halde kombinezonlardan ve permütasyonlardan sormazlar.

Peki, tarih ve ezbere dayanan diğer konular için ne yapayım? Onlara şimdiden sıkıca çalışmaya başlasam, yalnızca onlar bile tek başına az zamanımı almayacak. Şimdilik onları bırakmam ve İngilizceyle matematiğe asılmam, sınavlardan yaklaşık iki hafta önce de yalnızca ezbere dayanan konulara ağırlık vermeme ne dersin?

ANNESİNDEN ICHIRÔ'YA

Bu aralar seni gözlemlerken en hoşuma giden, önünde giriş sınavının amacı olduğundan yaşamının daha yoğun ve dolu geçmesi. Bu açıdan, sınavlar konusunda korkacak bir şeyin yok. Onların, senin üzerinde ağırlığını duyurmasına izin verme. Örneğin, "geçemezsem, zamanında hazırlanamazsam vb." gibi düşüncelerin seni etkilemesine izin verme. Şimdiye kadar olduğu gibi, sinirlenmeden sakin ol.

Çalışma programına gelince, pek iyi bilmiyorum, ama bütün İngilizce kitaplarını bir kez olsun baştan sona okumanın gerekliliği kaçınılmaz gibime geliyor. Sorular aynen kitaplardaki gibi olmayacak, ama sözcükler ve cümleler başka bir şekilde kullanılmayacak mı? Üstünkörü de olsa bir kez oku.

Matematik için bir şey söyleyemem. Tarih ve sosyal bilimleri, senin de düşündüğün gibi daha sonraya bırak. İngilizceyle matematiğin belirleyici öğeler olduğu kesin.

Şu halde, sinirlenmeyeceksin değil mi!

76

ICHIRÔ'DAN ANNESİNE

Bana öğütlediklerini yapabilecek miyim bilmiyorum, ama her halükarda elimden geleni yapmaya çalışacağım.

Şu an için, kendimi, sınavları cesaretle göğüslemeye hazır hissediyorum. Ne var ki, süre sonu yaklaştığında olup bitebilecekler konusunda sana hiç güvence veremiyorum.

Yerimde duramadığımı fark edersen bana söyle. İlk kez bu kadar büyük bir işe girişiyorum ve kendime güvenemiyorum.

ANNESİNDEN ICHIRÔ'YA

Bu aralar biraz tuhafsın. Yoksa işler istediğin gibi gitmiyor mu? Biraz sinirlisin.

Kabul edilmesen bile bir şey kaybetmiş sayılmazsın; böyle düşünmen gerekmiyor mu?

Dert etme!

Sınavda başarılı olamasan da, yaptığın çalışma yok olup gitmeyecektir. Senin gibi bir çocuk için, en önemli olanı belirli bir hedefe bütün gücüyle atılmaktır.

Suya düşen biri gibi çırpındığını görmek bana acı veriyor, ama karakterini bu oluşturacaktır.

Senden beklediğimin bu olduğunu düşün ve ona göre hareket et.

77

ICHIRÔ'DAN ANNESİNE

Nehir içinde çırpındığımı görerek sevinen ne kötü bir anne bu böyle!

Son zamanlarda biraz tuhaf olduğumu ben de düşünüyordum. Örneğin, hiçbir neden yokken Shirô'yu azarlamak istediğimde. Mektubunu okuduktan sonra, nedenini bilmiyorum, ama biraz rahatladığımı hissettim.

Bir taşra lisesinin yalnızca 4. sınıfındayım ve sınavda başarısız olmamdan utanılacak hiçbir şey yok. Kafamdaki düşünceleri dağıtmak için biraz Shin-Seinen[1] okuyacağım; iyi değil mi? 1931'in bir sayısı, bir arkadaştan ödünç aldım.

1. Gençlik dergisi "Yeni Gençlik."

ANNESİNDEN ICHIRÔ'YA

Bugün öğleden sonra, programını gerkçekleştiremeyeceğini söyleyerek içini çekiyordun. O sırada, sana her şeyin yolunda gideceğini söyledim.

Tekrar ediyorum: Her şey yolunda gidecek. Bu, kesinlikle kabul edileceksin anlamında değil. Programını yerine getir ya da getirme, sınav notlarında çok fazla bir fark olmaz ve bu nedenle cesaretinin kırıldığını hissetmemelisin. Ne de olsa, bir sınav bilinenin yalnızca bir bölümünü, yüzlerde bir oranı içerir. Dolayısıyla, tersinden bakacak olursak, bilinmeyen konuların denk gelme olasılığı daha azdır.

Kanımın beynime sıçradığı bir sınavda en iyi bildiğimi sandığım konu için 80, ve her şeyin mahvolduğunu sandığım bir konu için 73 almıştım. Sınavlar böyledir.

Onlara, kayak yarışması yapıyormuşçasına coşkuyla saldır. Belki senden çok şey istiyorum, ama bu düşünceni başka bir yöne çevirme işini dene.

Sınavlar için Tokyo'da olacağın hafta yalnızca sağlığını düşün. Köşeye sıkıştığın zaman , çırpınmak boşunadır.

Senin gücünü biliyorum. Kabul edilmezsen, şimdiki bilgilerin yeterli olmadığı için olacaktır, ama altyapının eksik olmadığına kefil olabilirim. Haydi cesaret. Kazanırsan telgraf çek.

78

ICHIRÔ'DAN ANNESİNE

Anneciğim, telgraf saat kaçta geldi? Sabırsızlıkla beklemiş olmalısın.

Sınav sırasında çok sakindim, ama son gece uyuyamadım.

İlk kez sınava girdiğim için, ne kağıdı inceleyenlerin vereceği not hakkında, ne de benimle birlikte sınava girenlerin gücü hakkında bir fikrim vardı. Ikkô'nun sonuçları en son açıklandı, arkadaşlarım notlarını benden önce öğrenmiş olmalılar.

Kamakura'yla arkadaşları Takamatsu, Seki ve Shizuoka'yı kazandılar.

Bütün bunları öğrendiğimde, yerimde duramaz oldum. Ne var ki, Natori'yle Arima'nın, Tôkô'ya ve Shôdai'ya kabul edilmediği söylenince, başarıyı düşlemek için en azından biraz daha zamanım olduğunu düşündüm.

Sonuçları beklemek sınavın kendisinden daha zor. Bu, sinemada insanı rahatsız ediyor, ve insan yemek yerken bile bunu düşünüyor. Şaşırarak kendim bile kendime bu sinirin nereden geldiğini sordum. Benim tedirginliğimi paylaşan sen yanımda yoktun; babama gelince, bütün söylediği "ne olacaksa olacak!"tı ; bu nedenle bir başıma kalakalıp, gerginlikten tırnaklarımı kemirdim. Son gece, saatin ikiyi çaldığını duyduğumu hatırlıyorum.

"Kazandıysam...", "kazanmadıysam..." yalnızca bunu düşünmek bile korkunçtu. Ama, düşünmemeye çalıştıkça, tedirginliğim artıyordu, ya...

Sonuçların bugün öğlene doğru asılacağı bildirilmişti. Kendi kendime ya bir tek Yasaki kazanır, ben kazanamazsam, ya da Yasaki de kazanamaz ve bu, bizimle birlikte başvuran birçok Fuzokulu öğrenci arasında duyulursa diye soruyordum.

Gidip notlara bakma cesaretini bulamıyordum ve babamdan benimle gelmesini istemeyi delicesine arzu ediyordum. Ama, bana "kaybetmişsin!" derse, üzüntüyle, yanlışlıkla adımı atlamış olup olmayacağını soracaktım; "kabul edilmişsin!" derse kesinlikle gidip görmek isteyecektim. Uzunca bir kararsızlık geçirdikten sonra gece olurken, tek başıma gitme kararını aldım.

Dolayısıyla, öğle yemeğinden akşama kadar zaman öldürmek için sinemaya gittim, ama hiç zevk almadım. Böylelikle, saat 4'e doğru, bir kaçak gibi (ve gerçekten bu duyguyla) Ikkô'ya yöneldim.

Oysa, Shibuya'ya geldiğimde, geri döndüğünü sandığım birçok çocukla karşılaştım. Sınavı kaybedenlerin açıkça fark edilmesi ilginç! Geçmiş gibi görünenler coşkuyla, kocaman adımlar atarak yürüyorlardı. Diğerleri hiçbir şey olmamış gibi davranmaya çalışıyordu, ama kasılmış yüzleri kayıtsız bir hava takınmak için gösterdikleri çabayı ele veriyor ve bu, hemen fark ediliyordu.

Beş dakika sonra, benim de aynı durumda olacağımı düşününce zar zor topladığım bütün cesaretim uçtu gitti ve gerçekten sınav listesini görmeden çekip gitmek istedim.

Tramvayda çok fazla güvenli olmayan, her halükarda bana benzeyen çok kişi vardı. Ve Ikkô durağında birçok öğrenciyle karşılaştım; kendi kendime, tedirgin bir tavırla Yasaki'yle ya da Fuzoku'dan başka öğrencilerle karşılaşıp karşılaşmayacağımı soruyordum.

Sonunda listelerin önünde duvar oluşturmuş insanların arasına karışarak numaramı aramaya başladım, ama bulamıyordum. Kalbim delicesine çarpmaya başlamıştı; beni gözleyen tanıdık biri olup olmadığını anlamak için çevreme baktım. O sırada listelerin yukarısına bir göz attım ve sosyal bilimler sözcüğünü gördüm. Aman ne rahatladım! Pusulayı bu kadar şaşırdığım için kendime güldüğüm kadar kızdım da.

Edebiyat listesinde numaram hemen gözüme çarptı. Öyle mutlu oldum ki, bütün kaslarım gevşemiş gibi geldi. Ama o zaman belki de yanılmış olduğumu söyledim; cebimden sınav kimlik kartımı çıkardım numaramı, listede yazılan numarayla defalarca rakam rakam karşılaştırdım. Numaranın benim numaram olduğuna emin olunca duyduğum sevinci sana anlatamam. O zaman güven duydum ve Yasaki'ninkine de bakabildim. Sonra diğer şeyleri, bu arada neden tanıdıkları görmediğimi de düşünmeye başladım.

Dönüşte, Ikkô'ya kabul edildiğimi, kime olursa olsun anlatmak için delicesine bir istek duyuyordum ve kendimi zor frenledim; her halde gidip, anasını babasını tanımadığım insanlara böbürlenecek değildim değil mi? Kanda postahanesinden sana telgraf çekmek için acele ettim.

Ben, kazandığımı herkese anlatmak için delice istek duyarken babam her zamanki haliyle: - Eee? Ne oldu? diye sorduğunda hemen cevap verdiğime pişman oldum. İlginç değil mi? Kabul edildiğimi söylediğimde ve telgrafımı okuduktan sonra rahat uyuyacağın düşüncesinden öyle memnun oldu ki kendi kendime gülmeye başladım.

Birazdan saat 11 olacak; telgraf kesinlikle eline geçmiştir. Az sonra yatacağım, ama bu gece de erkenden uyuyabileceğimi sanmıyorum. Son gece kazanmam koşulunda birçok tasarı hazırlamıştım ve bunlara eklenecek yenileri var!

İyi akşamlar anneciğim!

Ichirô'n

Bay Furutsu'ya[1] haber versen iyi olacak.

79

ICHIRÔ'DAN ANNESİNE

Sevgili anneciğim, beni azarlamayacağına söz verirsen, sana anlatacaklarım var. Çünkü dün az daha ölüyordum. Bu seni şaşırttı mı?

Bak ne oldu! Dün, Ochanomizu istasyonunda Sato'yla ve hazırlık kurslarına katılan bir başka çocukla burun buruna geldim. Oysa, Tokyo Üniversitesinin deneme sınavında dört bin ve

1 Ichirô'nun sınıf öğretmeni.

birkaç yüz aday arasında onuncu olan ve Ikkô sınavında kaçıncı olacağı merak edilen Sato sınavı kazanamamıştı.

Bu yüzden, karşılaştığımızda, ikimiz de kendimizi çok rahatsız hissettik, birbirimize ne söyleyeceğimizi bilemedik. Aynı hazırlık kursuna gittiğimiz ve Üniversite deneme sınavına birlikte başvurduğumuz için, ikimiz de derste aynı şekilde coşku doluyduk.

Üstelik, Tokyo'nun bir numaralı lisesi olan onun lisesinde Suwa'dakinden çok daha sıkı çalışıldığından, doğal olarak o da benim gibi, ben kalsam bile, kendisinin kesinlikle geçeceğini düşünüyordu; bu nedenle, bu karşılaşmada şaşırarak, onun adına rahatsızlık duydum. O da rahatsız görünüyordu, ama bana: Kutlarım! dedi.

Ne cevap vereceğimi bilemediğimden, çok sıkılmıştım. Orada kalakalmıştık, ama işte, o sırada Sato gidip kayık kiralamamızı önerdi. Kabul etmeyecektim, ama söylediğim gibi, acayip bir şekilde sıkılmıştım ve kesin bir tavırla reddedersem sınavı kazanamadığı için ondan kaçtığımı sanacakmış, ama geçmişteki gibi onunla gidersem, bu onu biraz rahatlatacakmış gibime geldi. Bu nedenle de kabul ettim.

Çok yakındaki Iidabashi[1] hendeğinde ya da yakınlarda bir yerde kayık tutacağımızı sandım. Ama Sato'yla arkadaşı, Tokyo trenine bineceğinden nereye gideceğimizi sordum; denizde kürek çekmek için koya, Omori'ye gidecektik.

Ben yüzmesini bilmiyorum, üstelik, ertesi gün fizik sınavı vardı; bu bana hiçbir şey ifade etmiyordu, ama kabul etmiştim, üstelik, yalnızca Sato olsa neyse, ama arkadaşın önünde onu reddedemezdim ve hiçbir şey söylemeden onlarla birlikte gittim. Böylesi koşullarda, gerçekten istediğimi yapacak iradem eksik; sen bunu iyi biliyorsun.

1 Çevresi geniş hendeklerle çevrelenmiş, şimdi İmparatorluk Sarayı olarak kullanılan, Shôgun'ların (yöneticilerin) eski sarayı.Tren yolu onun yanında uzanıyordu.

Ne olursa olsun, yola çıktığımızda saat zaten dört olmuştu. Koya açılan ırmaktayken coşkuyla kürek çektim: zaten okulda da kürek çekmemiş miydim? Ama Sato kürekleri alıp açık denize doğru yönelince, kendimi pek güvende hissetmemeye başladım. Ne var ki, korktuğumu söyleyemiyordum ve bu yüzden ötekilerden daha yiğit bir hava takındım.

Bu sırada, mendireği geçip açığa demirlemiş bir geminin yanından geçerken, akşam karanlığı çökmeye başlamıştı.

Ötekiler açıkça korkmaya başladıklarından sonunda geri dönmekten söz edildi. Arkama döndüm, mendirekten çıkarken geçtiğimiz gaz deposu artık belli belirsiz görünüyordu. Üstelik, akıntı bizi ters yöne sürüklüyordu, dalgalar irileşmişti ve kayık su alıyordu.

Sonunda, Sato'yla arkadaşı korktu ve bütün güçleriyle sırayla kürek çekmeye başladılar, ama kayık havuza dönmüştü ve akıntıya karşı hemen hemen hiç ilerlemiyordu. Ben bütün gücümle kürek çektiğimden küreği tutan metal yuva koptu. O sırada, gerçekten mahvolduğumuzu sandım. Ve hepimiz böyle ölürsek duyacağın acıyı düşünürken, reddedememe cesaretsizliğim beni daha da çok kızdırdı ve sağ çıkarsam aptalca sıkılma ya da insani saygı duygularından etkilenmeme hiç izin vermeyeceğime kendi kendime söz verdim. Ama, içimde bir his bunu söylemek için zaten geç kaldığımı söylüyordu!

Kullanılamayacak hale gelen sağ kürekle, kayık olduğu yerde daireler çizmekten başka bir iş yapmıyordu. Bu şekilde bir yarım saat kadar kaldık. Dolan su yüzünden dip tahtaları yüzmeye başlamıştı.

Yine de, sonunda karaya yaklaşabildik, ama yola çıktığımızdakinden çok farklı bir noktada. Burası tırmanmak için hiçbir yer bulamadığımız, beton, yüksek bir mendirekti. Ve dalgalar çok şiddetli olduğundan, kötü yanaşırsak kayık dalgalarla savrulma ve parçalanma tehlikesiyle karşı karşıyaydı.

Sonunda, bir kanalizasyon ağzı gibi büyük bir kovuk bulduk; delicesine bir çaba harcadıktan ve birçok kez başarısızlığa uğradıktan sonra, sandalı oraya sokabildik ve rahat bir nefes alabildik. Saat 7'yi geçmişti.

Mendireğe tırmandığımızda, Hanèdo Hava Limanı'nda olduğumuzu gördük. Sandalı bırakıp kendimizi kurtarmayı düşündük, ama Sato kayıkçıya kimlik kartını bıraktığını söyleyince, sertçe karşılanmaya boyun eğerek oraya geri döndük.

Sırılsıklam, dişlerimiz birbirine vura vura, neşemiz bir anda uçup gitmiş bir halde sürünüyorduk; bu da oldukça zamanımızı aldı. Karnımız zil çalarak kayıkçıya geldiğimiz sırada o da Sahil Koruma'ya haber vermeyi düşünüyormuş.

İyi olan her şey iyi bitebilir, ama ben bu serüvenden, insanların hoşuna gitmeye çalışmaktansa kendi düşünceme sadık kalmanın daha iyi, çok daha iyi olduğuna inanarak kurtuldum. Deli gibi korkmuştum, ama bunun, bana biraz daha kendi düşüncelerime göre hareket etmeyi öğretirse, iyi geleceğine inanıyorum.

Yalnızca bu satırları okurken bile yüreğin kesinlikle hop! etmiştir. Seni korkuttuğum için beni bağışla. Bütün bunları anlatmamın nedeni, kendimi, biraz da olsa düzeltmeye çalıştığımı bilmeni istememdir. Gerçek yaşama girdiğim zaman, çok daha büyük tehlikelere de koşacağım zamanlar olabilir, ama hiçbir zaman kayıkla giderek seni kaygılandırmayacağım!

İşte sana itiraf edeceğim buydu. Azarlamayacaksın, tamam mı?

Ichirô.

Sato çok rahatsız görünüyordu ve döndüğümüzde bana: "Yüreğin ağzına gelmiş olmalı?" dedi. Bütün yiyeceklerin parasını o ödedi.

Önemli bir şeyi unuttum: Ikkô'daki fizik sınavını geçtim. Yalnızca boğazımın biraz kızarık olduğunu söylediler. Kesin sonuçların yayınlanmasından sonra eve döneceğim.

SCALA

İLK GENÇLİK DİZİSİ

İMDAT! AİLEM BENİ ÇILDIRTIYOR!
Kathryn Lamb
Çev. Canan Feyyat

YOKSA ERKEKLER UZAYLI MI?
Marina Gask
Çev. Ayşe Karasu

KENDİ SESİNLE KONUŞ!
Rosie Rushton
Çev. Ayşe Karasu

İMDAT! ÇIKARIN BENİ BURADAN!
Kathryn Lamb
Çev. Canan Feyyat

HİROŞİMALI ÇOCUK
ISOKO ve ICHIRO HATANO
Çev. Sevgi Tamgüç